ちったい俺の
巻き込まれ
異世界生活
5

ティタクティス・スパーク
スパーク辺境伯家の五男で、恵太の親友である三栗《みくり》谷《や》助《たすく》の生まれ変わり。
アールスハイン・リュグナトフ
リュグナトフ国の第３王子。ヤンキー顔で一見怖いが、優しく面倒見のいい少年で、ケータの後見人のような立場になる。
ケータ（五木《いつき》恵太《けいた》）
聖女と共に転生した、チート能力を持つ聖獣。中身は日本で事故に巻き込まれて死んだおっさん。本人にそのつもりはないが、その言動で周囲をほっこりさせる。
主な登場人物

ハルトグレン・
フォン・ミルリング
ミルリング国の王太子。妻のリライザ、子どもと共にリュグナトフ国に訪問している。
謎の少年
元女神によって魔王にさせられそうになった少年。
カルロ&ネルロ
リュグナトフ国の第４王子カルロと第５王子ネルロは双子の兄弟。

Contents

ちっさい俺の巻き込まれ異世界生活 5

ぬー

イラスト
こよいみつき

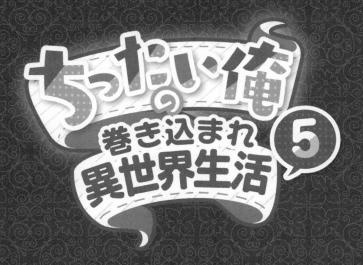

これまでのあらすじ

巻き込まれ事故で死亡してしまった五木恵太《いつきけいた》は、幼児ケータとなって異世界に転生。聖女召《しょう》喚《かん》の最中に聖女リナと一緒に降臨したケータは、城で保護されることとなる。

そのフクフクの外見からは想像できない驚きの能力で、第3王子アールスハインにかけられた呪いを解いたり、神の交代劇に一役買ったり、食の常識を覆《くつがえ》したりと、ケータは大活躍。その正体が実は、聖獣であることも判明する。

ケータはアールスハインと共に、学園に入学することに。ユーグラム、ディーグリーという新たな仲間も加わって、ここでも周囲を巻き込んでの大活躍。街に出現した凶悪な魔物を撃退し、さらにはリナが禁忌《きんき》である魅了の魔法の使い手である証拠を掴《つか》み、学園から追放させることに成功する。

冬休みに王城に帰ったケータは、隣国に醤油《しょうゆ》そっくりな味の調味料があると知って大興奮。無事調味料を手に入れて唐揚げ作りに成功する。その後も肉体強化の魔法を発明したり、呪いのかかった魔道具を集めて片っ端から解呪したりと、異世界生活を満喫。そんな中、精霊付きの怪しい女子生徒の正体が失脚した元女神だと判明。一抹《いちまつ》の不安を覚えつつも、生徒たちの試験は無事に終了。連休を使って、ケータ一行は魔物の肉を求めて狩りに出向くのだった。

1章　肉狩りと城での事件

俺たちは小川を下りながら襲ってくる魔物を狩り、拠点のテントを目指している。

血抜きをする間もなく魔物を倒し、マジックバッグに詰め込む。

虫魔物が多いせいか、ユーグラムがずっと眉間《みけん》に皺《しわ》を寄せている。

そんなユーグラムがブチキレるのを阻止するために、ディーグリーがユーグラムの側にいて見張っている。

陣形が崩れている中、ソラとハクが大活躍！

虫魔物はハクが触手で捕まえて、頭をプスッとして俺の前にポイ。

大物魔物はソラがまず足の腱《けん》を切って動けなくしたところに、アールスハインと助《たすく》が首を切って終了。

ルルーさんは周りへの牽制と警戒。

ユーグラムは遠くからこっちに向かってくる魔物の牽制。

ディーグリーはユーグラムの見張りと、虫魔物をユーグラムに近づけないように倒している。

俺は回収係。

ルルーさん以外は肉体強化を使っているが、目の前に魔物がいるせいか、爆笑はしていない。が、ニヤニヤが止まらない様子。

ルルーさんがドン引き。

拠点に着く頃には、数えるのも億劫《おっくう》なほどの虫魔物と、60体を超える熊と猪の魔物、ドードー、猿の魔物他、多くの魔物がマジックバッグに詰め込まれた。

幸い拠点の周辺には虫魔物の姿がなかったので、焦げてはいるが平和な元野原で、まずディーグリーが安堵《あんど》のため息をついた。

ユーグラムは周りを警戒しているのか、いまだ眉間の皺が深いままだけど。

俺たちは常にバリアを張ることが習慣になっているから、森を歩き回り魔物と戦おうが、それほど汚れることがないんだけど、ルルーさんはだいぶ汚れている。

俺たちを見て、自分を見て、

「俺はさ、Aランクの中でも戦い方がスマートだって評判でさ、冒険者ギルドの受付のねーちゃんたちにもキャーキャー言われるくらいにはモテるんだけどさー…………」

拗《す》ねました。

膝を抱えて座り込み、焦げた野っ原の草をイジイジしています。めんどくせーな！

なので助とアールスハインが無理矢理腕を掴んで、テントに放り込みました。

テント入口のマットを踏んだ瞬間に、体中の汚れが落ちました！

あとはモヨモヨクッションに投げとけば、なんとでもなるだろう。

その間に昼ご飯を作りましょう！

玉ねぎ人参キャベツを適当な大きさに切って、猪魔物の肉を薄めに切って軽く塩コショウして炒《いた》める。

トマトを煮込んで作ったトマトソースと、料理長特製コンソメを入れて炒め煮に。

なんちゃってポークチョップの出来上がり！

切るのも炒めるのも助がやったけど、味付けは俺がやりました！

玉ねぎのスープも作ったし、昼ご飯は簡単に。

パンを添えて完成。

いい匂いが漂い始めれば、皆がさっさと席について、拗ねてたルルーさんも無言で席に座ったので、いただきます！

皆無言で食べてたけど、かなりの量おかわりもしていたので、味はよかった模様。

腹が膨《ふく》れて、マッタリとお茶を飲んでいると、

「あー、でよ、なんか俺はいろいろと聞いちゃいけないことを聞いた気がするんだが、これは聞いてもいいのか？」

「まぁ、聞いてしまったものは仕方ない。今回のは不可抗力だからな」

「いや、聞いちゃまずいことなら聞かねーけど？」

「と言っても、重要な部分は先ほどの話でほとんど出てしまったからな」

アールスハインが苦笑と共に言えば、

「あー、突然の神々の交代劇が、元女神の失態とか、その元女神が人間に落とされてあんたらが確認したとか、魔王に力を与えるためにそこのチビッ子を捕まえようとしたとか？　とんでもねー話だったなー。それが全部本当の話だったりすんのか？」

「信じたくはないが、全部本当の話だ。ついでに言えば、元女神に召喚された異なる世界から降臨した聖女は、その資格を失い、教会の施設に入っている。その降臨に巻き込まれたのがここにいるケータだ」

アールスハインに頭を撫《な》でられる。

それを見て、ルルーさんは首を掻《か》いて、

「んー、俺にはよく分かんねーなー。女神とか聖女とか魔王とか、娼館の女が寝物語に読む絵本の中でしか聞いたことねーし。俺に分かるのは、そこのチビッ子が、常識外れに魔力があるっつーことくらいか？」

頬をツンツンされた。

スラム出身のルルーさんは、普通子供の頃に読む絵本を、娼婦さんの寝物語に読んでもらったそうです。

娼館の言葉に、ユーグラムが真っ赤になって、アールスハインが苦笑し、ディーグリーと助がニヤついた。

「まあ、元女神は、今は全ての力を奪われているし、魔王の力もだいぶ弱ったようだし、魔物の増加と凶暴化も騎士団での対処で今のところ問題も起きていない」

「魔物の増加と凶暴化は、冒険者の間でも噂にはなってるが、強い魔物ほどいい素材が取れるってんで、冒険者の間では歓迎されてるな」

「さすがに逞《たくま》しいね〜。商人たちの噂でも、辺境に行くほど凶暴化が激しいって言うけど、騎士団の巡回も頻繁《ひんぱん》に行われているし、逆に商機と見て辺境に向かう商人も結構いるしね〜」

「教会にもその噂は届いています。見習い神官は腕試しのために辺境への異動願いを出す者も多いですし」

「そもそも辺境伯は、それなりの規模の私兵団を持つことを許されてるんで、今頃家の奴らが張り切って魔物を狩りまくってますよ。そのぶん給料も増えますし」

「逞しい限りだな」

アールスハインの言葉に全員が頷《うなず》いている。

「まぁ、俺がどうこう言う問題でもねーか」

「それじゃ〜、もういっちょ魔物狩りに行きますか〜。今度はまた別の方向へ！」

「あまり虫のいないところでお願いします！」

「森の中で虫のいないところって、無理があるでしょ〜？」

ワイワイ言いながら森を進む。

先頭のソラがご機嫌に尻尾を振って歩く。

ハクはユーグラムに気を遣っているのか、虫魔物を弾《はじ》くだけで、捕獲はしていなかった。

ユーグラムに撫でられて、胸ポケットに納められてる。虫除《むしよ》けですね！

そうしてしばらく歩いて見つけたのは、珍妙な生き物の群れ。

その姿は毛のないカピバラ。

のへーとした顔をして、もしゃもしゃと虫魔物を食べている。

額には魔物の証《あかし》である角《つの》が3本。

大きさはセントバーナードくらい。

全くもって癒《い》やされない。かわいくない！

ぬかるんだ地面を覆《おお》うように大量に群れている。

ギリギリ目視できる場所で、

「ありぇは、おいちいの？（あれは、美味《おい》しいの？）」

「いや、食ったことねーから知らねー。あれは泥カバつって、群れで行動するんだが、やつの皮は伸び縮みするし、かなり丈夫だから冒険者の肌着なんかにはよく使われるな」

「ん～、一応狩っとく？」

「食いではありそうだ！」

「そうですね、肉は多そうです」

「………お前ら、ホントに肉しか目的じゃねーのな」

フハッと笑うルルーさん。

「まぁ、１匹攻撃すると群れで襲ってくるから気を付けろ」

笑いながらもアドバイスをくれる。

「では、まず私が状態異常をかけましょう」

「んじゃーけーたも、はんぶーやりゅよ（んじゃーけーたも、半分やるよ）」

「ええ。ではケータ様は右を、私は左で」

「あーい」

ちょっとだけ近づいて、気付かれない場所から魔法を撃ちます。

俺とユーグラムが使ったのは、眠りと麻痺《まひ》の魔法。

近場の泥カバからバタバタと倒れていく。

遠くの方の泥カバが何匹か逃げたけど、ほとんどの泥カバに状態異常をかけられました。

あとは首を狩る作業。

ソラもその鋭い爪でバッサバッサと首を落としていきます。

麻痺って動けない相手を一方的に狩って、1時間ほどで50体の泥カバを狩りつくしました。

血抜きしてからマジックバッグにポイポイして終了。

泥カバは触った感じ、もちっとした感触で、薄いビニールに包まれた大福のような触り心地だった。意外とクセになる。

その先は湿地帯なので進むのを断念して戻りました。

途中ですごく派手な原色の羽を持つ鳥が多くいて、食べられないけど高く売れるらしいので、ユーグラムと一緒に状態異常をばら蒔《ま》いて、バタバタ落ちてきたのを回収したら、ルルーさんがホクホク顔になってた。


拠点に戻り、早いけど夕飯作り。

メニューは鳥つくね。

醤油、白ワイン、砂糖を混ぜたタレを作る。

ユーグラムがミンチにしたドードーの肉と、みじん切りの玉ねぎ、卵白、すりおろした生姜《しょうが》と小麦粉少々を混ぜる。

本当は片栗粉を使いたかったけど、ないので仕方ない。

あとは丸めて焼いて、タレを入れてよくからめて千切りキャベツの上に載せて出来上がり！

余った卵黄も焼いてから載っけといたよ！

生で食べるのはちょっと不安。

昔、古い卵を生で食べた母親が、食中毒になったことがあるからね！　管理されてない卵を生で食べては危険です！

スープは具だくさん味噌汁。

ご飯が欲しい味だけど、パンに挟《はさ》んでも美味しかったから、まだ米は炊《た》かぬ！

今日も、食事のあとしばらく休憩したら、ルルーさんの訓練に付き合って自分たちも訓練をする面々。

真面目《まじめ》！

ルルーさんは、昨日よりも少しだけ速い速度で飛べるようになった。

アールスハインと助が肉体強化で対戦して、ユーグラムが撃ち出す魔法をディーグリーが、短剣で弾いたり避けたり。

森の近い場所では、ソラとハクが魔物を警戒しながら倒している。

皆、働き者ですね！

幼児な俺は、夕飯を食ったら眠くなったので、1人でさっさと風呂に入って寝たよ！

こんなこともあろうかと、風呂場には盥《たらい》を用意しといたからね！

◆◇◆◇◆

おはようございます。

今日の天気はしとしと雨です。

肉狩りも最終日です。

今日はお昼までしか森にいられないので、朝ご飯は携帯食で済ませ、早速《さっそく》森へ向かいます。

向かう方向は、ソラ任せ。

薄暗い森の中を進むので、いつもより視界が悪い。

ユーグラムの胸ポケットにいるハクが大活躍中。

触手を伸ばして、ユーグラムに近づく虫魔物を片っ端から弾いていきます。

ユーグラムがハクを撫でながら、無表情でフフフフとずっと笑っています。

目を合わせられません！

猪と熊の魔物をほどぼどに狩りながら、先へ先へと進むなか、やっと新たな魔物を発見。

遠目に見えるその魔物は、体長３メートルはある、緑色の肌の二足歩行の巨体。

片手には棍棒《こんぼう》を持ち、豚に似た醜悪な顔の額に２本の角。腰布らしき汚い布を股間に巻いているだけ。

「…………ありぇはたびらりるの？（あれは食べられるの？）」

「まず食うことを前提にしてるのな？　まぁ食えるし高級肉だけども！」

「おー」

「オークは知能もそこそこ高くて、群れを作る場合も多い。周りを警戒するのを忘れるな、迂《う》闊《かつ》に倒すと、周りを囲まれるぞ！」

ルルーさんのアドバイスに従って、周りの様子を注意深く警戒したが、特に周りに仲間は見つからなかったので、見つけた個体を倒すことに。

「モスほどじゃねーが固いぞ！」

まずはユーグラムが状態異常をかける。

多少ふらついたが眠りに落ちる様子はない。

しかし両手の先をブンブン振っているので、半端《はんぱ》に麻痺にはかかった様子。

まだこちらには気付いていないので、もう一度状態異常を試したが、これも半端に終わった。

仕方ないので、ディーグリーと助が挟み込むように両側から素早く近寄り切り付ける。

ディーグリーの方がスピードがあるので、膝裏に切り付けることに成功。

続いた助の首への攻撃は、体勢を崩したオークに躱《かわ》された。

ユーグラムが顔面目がけて火魔法玉を撃ち込む。

怯《ひる》んだ隙に、真後ろからアールスハインが首目がけて切り付ける。

しかし傷は浅く致命傷には至らずに、オークが闇雲に暴れだす。

距離を取る3人。

ユーグラムの火魔法玉で目をやられたのか、オークは3人の姿を捉えられず、大振りに棍棒を振り回す。

真後ろにいるアールスハインがなんとか近づいて切り付けるが、なかなか深くは傷付けられず、振り向いたオークに距離を取らされる。

ユーグラムが雷魔法玉をオークの背に撃ち込むが、ルルーさんのアドバイス通り固い皮膚に阻《はば》まれる。

さて、俺はどうしましょう？

ルルーさんとソラは周りを警戒してくれているし、ハクはユーグラムに近づく虫魔物を弾いているし。

あんまり俺が手を出しすぎるのもどうかと思うし。

視界の悪いなか、ちょっと上空まで上がって周りを警戒してみるかな？

移動魔道具を操作して、木々の上まで出てみる。

驚いた鳥魔物が攻撃してくるが、全部バリアに跳ね返されてすぐに逃げていった。

グルッと周りを見渡しても、特に変わった様子はない。

上から森の中を見てみるが、暗くてよく見えない。

どーしよーかなー？　とぼんやりしていると、突然飛んできた斧《おの》がバリアに弾かれた！

ビックリして、斧が返された先を見てみると、暗がりに2体目のオーク発見！　斧が弾き返されて腕をかすり、血を流している。

目が合ったので、他の皆が気付く前に倒してしまおう！

風魔法で円盤を作り、また斧を投げようとしている腕の付け根を切り落とす。

ギャリンと音をさせて落ちる腕、ギャギャギャーと雄叫《おたけ》びをあげるオーク。

怯んで逃げようと体勢を変えるその横から、まだ消していない風魔法の円盤を横に水平に動かす。

ギャリンと音がして、オークの首が落ちる。

首が落ちてもまだ筋肉の痙攣《けいれん》なのか、動きを止めないオークの体。2、3歩惰性で歩いたあとにバタンと倒れてビクビクしてる。

降下して一応他の魔物の気配がないのを確認してから、切り落とされた首にビッグガガの針をプスッとね。

断末魔の恐ろしい形相《ぎょうそう》の顔は、あまり直視しないようにマジックバッグに納めて、血抜きの終わった体も回収。

血の跡を軽く焼き払って終了。

ふう、と一つため息をついて、また周りを警戒しながら皆の元へ戻る。

4人対1匹のオーク戦も、もうだいたい終盤。

オークは既に虫の息。体中傷だらけで、首も半分切れている。

それでも暴れてるオークには感心する。

皆もちょっと息が切れてるし。

皆をボケーっと眺《なが》めてると、後ろからガサガサ音がするので振り向くと、ソラが何かデカイのを咥《くわ》えてきた。

ペッと目の前に置いて、ご機嫌に俺を見上げてくるソラ。

地面には巨大蜥蜴《とかげ》魔物。

首の皮一枚で繋《つな》がった頭がプランとしてる。

以前ディーグリーが美味《うま》いと言っていたリザードと呼ばれる巨大蜥蜴魔物。

とりあえず首の断面にビッグガガの針をプスッとして、ソラに抱きつき、

「よーちよち、しょらえりゃいぞー！　かっちょいーぞー、しゃしゅがしょら、ちゅよいぞー！

(よーしよし、ソラ偉いぞー！　カッコいいぞー！　さすがソラ、強いぞー！）」

褒《ほ》めて撫でまくったよね！

ご機嫌に尻尾を振るソラは、黒豹スタイルでもとてもかわいい！　毛並みもツルスベで最高！

ソラと戯《たわむ》れている間に、オーク戦も終了し、皆が集まってきた。

「…………けーたよ、俺たちが必死に戦って倒した魔物よりつえー獲物をシレッと確保してんじゃねーよ！　傷付くだろ！」

「けーたらくて、しょらがとってちたよー？　しょらちゅよいねー！（けーたじゃなくて、ソラが取ってきたよ？　ソラ強いねー）」

「ソラが強いのはなんとなく分かってたけど！　傷付くでしょ！　お年頃なのよ！」

「にくたーきょーかちゅかってなかったーのに？（肉体強化使ってなかったのに？）」

「肉体強化はまだ完全に制御できてないから、密集した場所では加減が難しいの！」

「あー、おーぶりなりゅもんなー（あー、大振りになるもんなー）」

「そう、味方が近くにいると、使いづらい」

「バリアーありゅのに？」

俺の言葉に助だけでなく、アールスハインとディーグリーもハッとなってた。

忘れてたんですね！

その後落ち込む3人は放っておいて、オークの切り落とされた首にガガ針をプスッとして、
ルルーさんが戻って来るのを待つ。

ほどなくしてルルーさんは、熊魔物を引き摺《ず》って帰ってきた。

だが、いつもの熊魔物と違って、大きさは2メートルくらい、色が黄色の熊魔物。

「特殊個体のベアーが出たんで、ついな」

頭を掻きながら言い訳のように言うが、特殊個体の魔物は普通の魔物よりも倍以上強くて、
たまに魔法を使うやつもいたりする厄介《やっかい》な魔物なんだとか。

さすがAランク冒険者。厄介な特殊個体の魔物を1人で倒せるなんて！　と、助とディーグ
リーが絶賛してた。

今日の肉狩りは以上。

馬車を置いた休憩場所に向かう。

途中で出た魔物は狩りましたよ？

休憩場所には誰もおらず、馬だけが草をモシャモシャと食べていた。

ルルーさんが操作した魔道具で、隠されていた荷馬車も無事。

昼食は焚き火を作って、串に刺して焼いた肉を食べました！　塩コショウだけでも美味しく食べられたよ！　外ご飯マジック！


帰りは荷馬車ではなく、馬を引っ張りながら、途中までルルーさんの練習がてらボードに乗って飛んで帰りました。

皆がアクロバットな乗り方をするなか、ルルーさんは、なんとか荷馬車と同じくらいの速度で飛べるようになったよ！

ポツポツと人の姿が見え始めた頃、マジックバッグから取り出した荷馬車に乗り換える。

さて、ここで問題です。

肉はどれだけ出せばいいでしょう？

あと、大量にある虫魔物の死体も。

この荷馬車に全部は載らないぞ？

話し合いの結果、猪と熊の魔物を数体、ドードーを数体、泥カバも数体、虫魔物を端の方にちょっと多めに置きました。

ユーグラムが嫌がって、御者席に座ってます。

足の踏み場もないので、他の皆もボードに座って宙に浮いてるけどね！

街門が見えて来て、衛兵さんの検問を受ける列に並ぶ。

冒険者として来てるので、貴族用の列には並びません。

王都の街門だけあって人の出入りが多く、しばらく待たされたけど無事通過。

大量の魔物の死体に衛兵さんがギョッとしてたけど、笑顔でサムズアップして通してくれた。

まず向かうのは、冒険者ギルド。

街門を通りすぎてすぐに、魔物の死体を片付けて、大量の虫魔物の死体に入れ換えた。

ユーグラムが頑《かたく》なに振り向こうとしません！

冒険者ギルドに横付けした荷馬車から、ユーグラムと俺以外が、大量の虫魔物の死体を運び出していく。

カウンターのお姉さんの顔がどんどん引きつっていくけど、構わずどんどん積んでいく。

去年の演習の時に、草原の担当だった副ギルドマスターが慌《あわ》てて出てきて、職員に命じてどんどん奥に運んでいく。

ギルドに併設されてる酒場の冒険者たちが唖然《あぜん》とするなか、小山2つ半の虫魔物の死体を運び終わった。

副ギルドマスターがホクホク顔で、査定はのちほど、と割符をルルーさんに渡していた。

今日は食えない魔物の査定をお願いして、次はメインの肉屋へ。

肉屋の裏に荷馬車を横付け。

裏口にはガジルさんがぶっとい腕を組んで仁王立ちして、凶悪な顔で出迎えてくれました。

今日は、ガジルさんが手配した他の肉屋の助っ人がいるので、荷馬車から下ろすふりして、俺のマジックバッグから魔物の死体をどんどん出していく。

猪と熊の魔物を数十体ずつ、次に、と思ったら一旦《いったん》ストップ。

「オイオイオイオイ！　どんだけ出てくんだよ⁉　こんなん1日じゃ処理しきれねーよ！」

ガジルさんに怒られたので、猪と熊の魔物を半分しまって、ドードーとサイ、じゃなくてモスをドドンと出したら、ドン引きされた。

話し合いの結果、猪と熊の魔物を5体ずつ、ドードーも5体、モスを出して今日はそれ以上は無理と言われた。

あとは腐らないのをいいことに、俺のマジックバッグに入れといて、週末に肉屋に届けることに。

その代わり代金は多めに払ってくれるし、肉以外の素材もちゃんと綺麗《きれい》に確保して冒険者ギルドに売れる状態で置いといてくれると約束をした。

ガジルさんも含め、ガジルさんが仕込んだ他の肉屋の助っ人の人たちも、元冒険者だったので、多少手間はかかるが素材の扱いはちゃんと分かってるらしい。

安心して任せろ！　と分厚い胸を叩《たた》いていた。

ルルーさんもそれで納得したので、話し合いは終了。

今日の分の肉を置いたら、あとは忙しそうな肉屋に用はないので、お城へ帰ります。

ルルーさんは、肉屋に残るそうです。

解体したあとの肉の試食会をするんだとか。

モスの肉だけは少し残しといて！　とお願いしてあるので、次の肉の配達の時に受け取る予定。

肉屋の裏で、ユーグラムとディーグリーと挨拶《あいさつ》をして別れ、ボードに乗ってお城へ。

屋根の上を飛ぶので、回り道をしないぶん早々にお城に到着。

見張りの騎士さんが、上空から現れた俺たちに驚いてたけど、普通に通してくれた。

ただいまの挨拶の前に、雨で冷えた体を風呂で温める。しとしと雨でもバリアがあるので濡れはしないが、ずっと外、しかも上空にいればさすがに冷える。

着替えて、挨拶に行こうとしたら呼び出されました。

シェルに案内されて付いていった先では、王様、王妃様、宰相さんに将軍さん、テイルスミヤ長官に、初対面の偉そうなおじさん2人と、黒髪イケメン、イライザ嬢によく似た綺麗な女の人と、その人に抱っこされた赤ちゃん。

皆が困った顔をしていて、部屋中に赤ちゃんのギャン泣きの声が響き渡っている。

赤ちゃんの泣き声って、無駄に不安を煽《あお》るよね。

「…………えーと、お呼びとあって参りましたが、これはどういう状況でしょうか？」

困惑顔のアールスハインが尋ねると、困惑と疲労と焦燥を合わせたような顔の宰相さんが、

「実は、こちらにおられる隣国ミルリングの王太子であらせられるハルトグレン殿下が、妻である娘と誕生したイザルトに会うために、我が国を訪問されたのだが、ミルリングの貴族の間では、リライザの不貞の噂が真《まこと》しやかに流れているとか。そこで我が国の魔道具を使ってその真偽を確かめようと、立会の方もお呼びしたのだが、ハルトグレン殿下がイザルトに触れた瞬間から泣き止《や》まぬのだ。テイルスミヤ長官に見ていただいたが、魔力的な異常は感じられぬという。そこでちょうど帰られたと知らせのあったケータ殿ならば、何か我々には感じられぬ影響が見えるやもしれぬと、お呼びさせてもらった」

ギャン泣きする赤ちゃんを囲んでた理由を説明された。

俺の素性は既に話してあるのか、近づいても誰も邪魔しないので、赤ちゃんの目の前に。

生まれてまだ3カ月経ってない赤ちゃんは、俺と同じサイズ。

小さな手を力いっぱい握りしめて、体中で泣く赤ちゃん。

かわいいけど切ない。

赤ちゃんをよくよく見てみると、うっすらと黒い紐状のものが、王太子と紹介されたパパさんに繋がっていた。

視線で辿《たど》ってパパさんを見ると、その黒髪の間から黒いウニョウニョを発見。

パパさん、呪われてんね！

「…………ケータ殿、何か分かっただろうか？」

「えーと、おーたいちしゃまがー、にょりょわれててー、おーたいちしゃまとちゅながってるあかたんがー、ないてりゅ？（えーと、王太子様が、呪われてて、王太子様と繋がってる赤ちゃんが、泣いてる？）」

「は？　ハルトグレン殿下が呪われてる？　そのハルトグレン殿下と繋がったイザルトが泣いている？　よく分からんが、とりあえずハルトグレン殿下の呪いは解けるか？」

「でちるよー」

「ハルトグレン殿下、よろしいですか？」

「あ、ああ。頼む」

「あーい、しちゅれーしまーしゅ」

一応声をかけて、パパさんのデコから出てるウニョウニョを引っ張り出す。

ヌューローンと取れたウニョウニョを、テイルスミヤ長官にパス。

テイルスミヤ長官がすかさずバリアで捕獲。

赤ちゃんの泣き声がピタッと止まる。

赤ちゃんを見てみると、キョトンと目を開いているのがとてもかわいい。

ついつい手を伸ばして頭を撫でちゃうよね！

「あかたんえりゃいねー、パパまもったねー、ちゅよいこらった！　かっちょいーぞー！（赤ちゃん偉いねー、パパ守ったねー、強い子だった！　カッコいいぞ！）」

「！　ケータ殿、パパを守ったとはどういうことですかな？」

宰相さんがズズイと近づいてくる。

「たびゅんねー、あかたんがー、パパしゃんののりょいをー、ちょっちょひきうけたんらよー、らからあんにゃにないてたん（たぶんね、赤ちゃんが、パパさんの呪いを、ちょっと引き受けたんだよ、だからあんなに泣いてた」

「イザルトがパパであるハルトグレン殿下の呪いを、ちょっと引き受けた？　そんなことができるのですか？」

「あかたんとー、パパしゃんはーちゅながってるかりゃねー（赤ちゃんと、パパさんは繋がってるからね）」

「父と子だから繋がっている、ということですか？　では、私とリライザは繋がっていますか？」

リライザとは赤ちゃんのママだろう。

よくよく見てみても、宰相さんとリライザママは繋がってない。

代わりに赤ちゃんとリライザママはガッツリ繋がっている。

ついでにアールスハインと王様も見てみたけど、繋がってない。

赤ちゃんの時特有の繋がりなのかは知らないが、ある程度育つとなくなるのかもしれない。

「ちゅながってーのは、ママとパパとーあかたんらけね、ハインもちゅながってーにゃい（繋がってるのは、ママとパパと赤ちゃんだけね、ハインも繋がってない）」

「そうですか」

ちょっとシュンとする宰相さん。

「ですが、これは何よりの親子の証明になりますな！」

晴れやかな顔で宣言したが、

「そのようなあやふやなことを申されても、私どもには見えぬもの。証明にはなりませぬ！」

見たことのないおじさんが、鼻息も荒く異議申し立てた。

誰？

「そもそもその幼児の言葉は本当ですかな？　我がミルリング王国の王太子であるハルトグレン殿下が呪われていたなど、俄《にわか》には信じられません！」

「ではその呪いの証明をいたしますか？」

口を挟んだのはテイルスミヤ長官。

「そんなことが可能だとでも言うのか？　ならばやってみるがいい！」

なんか偉そうなおじさんが、鼻で笑って言ってきた。

とても感じ悪い。

テイルスミヤ長官、やっちゃえよ！

「では」

と言って、テイルスミヤ長官が手に持ってるバリア入りのウニョウニョを床に置いた。

ウニョウニョは、上手《うま》いことバリアを転がし部屋の隅でひっそりと存在を消すように立っていたメイドさんのところに近づき、その足先をコツコツと叩いた。

そんなメイドさんに気付かなかった俺は驚いて、そのメイドさんを凝視しちゃったら、メイドさんの腰の辺りから細いウニョウニョが出てる。

スイッと飛んで、

「しゅちゅれーしまーしゅ（失礼しまーす）」

声をかけてから、ズボッとね！　スカートの隠しポケットにあった物を取り出す。

メイドさんは慌てて取り戻そうと手を伸ばすが、俺のバリアに阻まれて取り戻すことはできない。

取り出した物をテイルスミヤ長官にパス。

「……………これは、見覚えがありますね。なぜあなたがこれを持っていたのか、お答え願えますか？」

皆がテイルスミヤ長官の手元を見て、この国の人たちはハッとそれが何かに気付いて、厳しい視線をメイドさんに向ける。

何も言わないメイドさん。

数秒の沈黙を破ったのは、偉そうなおじさん。

「そ、それがなんだと言うのだ!?　そんな物が呪いの証明になるわけがないだろう！」

「……………これは呪いの古代魔道具ですよ。この魔道具に最後に魔力を込めた者のところに、呪いの元が転がっていったのです。そしてミルリング王国から王太子殿下と共に来たこのメイドは、呪いの古代魔道具を持っていた。十分に証明になるでしょう？」

「な、ならそのメイドをさっさと捕縛すればいいだろう⁉」

「このメイドが、王太子殿下を単独で呪いにかけますかね？　裏に黒幕の存在を感じるのですが、それは私だけでしょうか？」

「テイルスミヤ長官の意見には、私も賛成だな。一介のメイドが古代魔道具を手に入れられるとは思えぬ」

宰相さんが参戦。

ワナワナしてる偉そうなおじさん。

分かりやすすぎる！

その時、目の端に映ったメイドさんが変な動きをしたのでそっちを見ると、何かを口に含み、噛み砕いた。

咄嗟《とっさ》に治癒魔法発動。解毒をかなり強目に！

多少咳《せ》き込んだが、それだけ。

そのことに驚いてこっちを見てくるメイドさんに、軽く手を振り、

「しにゃせねーよ？（死なせねーよ？）」

と、ドヤ顔で言ってみる。

将軍さんがすぐに動いて、両手を後ろで拘束。

部屋の外に待機してた女性騎士に指示を出し、その場で身体検査したら、内太股に小型のナイフ、隠しポケットにはいくつかの毒、髪留めには暗器、靴にも隠しナイフ。

ただのメイドさんではなかった模様。

「…………この者は影の者のようですね。自害をしようとしたところを見るに、自白を取るのは難しいでしょう」

宰相さんが難しい顔で言うので、

「まーどーぎゅ、かいじゅーしゅる？（魔道具、解呪する？）」

「なるほど。魔道具自体の呪いを解呪してしまえば、残された呪いの元は術者に返されますね！」

テイルスミヤ長官が言えば、

「な、な、な、そんなことができるはずがない！　出鱈目《でたらめ》を言うな！」

「出鱈目かどうかは、試してみればすぐに分かります。陛下、ハルトグレン殿下、よろしいですか？」

「ああ、やってくれ」

「ええ、どうぞ」

2人の了解が取れたので、テイルスミヤ長官の持ってる古代魔道具をバリアで包んで、その中を聖魔法で満たす。

溺《おぼ》れるようにしばらく踠《もが》いたウニョウニョが消えた途端《とたん》、メイドさんの足元に転がっていたウニョウニョが、何かを確認するようにしばらく止まったあと、方向を変えて転がり出した。

そして行き着いたのは、さっきから偉そうに反論していたおじさんの足元。

おじさんはウニョウニョから逃れようと後退《あとずさ》りするが、いつの間にかおじさんの後ろに回り込んでいた将軍さんが、

「どこに行かれるのかな？　大臣」

「な、な、わ、私はどこかへ行こうとなどしていない！」

「そうですか、ではバリアを解きますね」

おじさんが止める間もなく、テイルスミヤ長官が指をパチンと鳴らすと、バリアが解かれる。

その途端ウニョウニョがヒュンと飛んで、おじさんの顔とメイドさんの首にビタンと張り付いた。

メイドさんは、グウウと喉を鳴らすだけだったけど、おじさんは、

「ギャーー！　痛い痛い痛い痛い！」

と床を転げ回っている。

「決定だな」

王様の重い声に、全員が頷く。

ママさんと赤ちゃん、王妃様を別室に移し、大臣らしいおじさんを将軍さんが身体検査して、特に危険物は持っていなかったので、後ろ手に拘束し、

「それで？　貴様はハルトグレン殿に、どんな恨みがあって呪いをかけた？　それとこの古代魔道具はどこから入手した？」

無言で痛みに悶《もだ》えるだけのおじさん。

メイドさんも無言無表情でうつむいて微動だにしない。

呪いの魔道具は、呪いに失敗すると倍になって術者に跳ね返るらしいので、ハルトグレン殿下へかけたのは、ジワジワと痛みに体を弱らせる呪いだった感じ。

それが倍になって返されたから、今はおじさんが痛みに悶えてる。

「まぁ簡単には話さぬか。ならば罪人としてそのまま痛みと共に死ぬまで苦しむといい。このあとの処罰などはハルトグレン殿にお任せしよう」

「魔道具のことはよろしいのですか？」

「なに、こちらのメイドから聞き出せばよい。このメイドにも呪いがかかっていることから、魔力足らずでこのメイドが手を貸した様子。このメイドが影の者なら、入手そのものにも関わった可能性もある」

「ですが影の者なら、聞き出すのは困難なのでは？」

「なに、この国には優秀な魔法使いが多い。影の者だからといって、沈黙を貫くのは困難だろうよ」

ニヤリと悪い顔で笑う王様。

「さすが魔法大国と言われるだけはありますね！　参考までにどのような魔法をお使いになるのかお聞きしてもよろしいでしょうか？」

王様がテイルスミヤ長官を見るので、ハルトグレン殿下もテイルスミヤ長官を見る。

うっすら笑ってテイルスミヤ長官は、

「自白魔法を使います。精神操作の魔法なので、抵抗力が強いと魔法を解いたあとが大変ですが、どのみち王太子殿下を呪いにかけた者の末路など気にするものではありませんから、存分に力を込められます」

うっすら笑ってるのが恐怖をより煽るよね！

ハルトグレン殿下もブルッと体を震わせて、引きつった笑いを浮かべてるし。

言われたメイドさんは、目を見開いてテイルスミヤ長官を凝視してる。

「なんならこの場でかけて見せましょうか？」

メイドさんの目を見たまま、笑顔で言うテイルスミヤ長官。

魔法庁なんて国の中枢を担《にな》う庁の長官だけあって、その姿は恐ろしくも堂々とした威厳を醸《かも》し出していた。

普段のどこかポヤポヤとした魔法バカな面とのギャップがすごいね！　全然萌《も》えないけど！

王様のゴーサインも出ちゃったので、この場で自白魔法を使うそうです。

「その前に、ケータ様このメイドの呪いを解いてもらえますか？　精神操作をすると、精神だけでなく体力も大幅に消耗しますので、尋問中に死なれては困ります」

うっすらとした怖い笑みを向けるのを止めてください！　ちょっと涙目になりながら、メイドさんの呪いを解呪すると、さらにニッコリ笑顔を向けられた！　怖いです！

テイルスミヤ長官がメイドさんの目の前に立つと、さすがに恐怖を感じたのか、ブルッと身を震わすメイドさん。

その目の前に、手を翳《かざ》すテイルスミヤ長官。

魔力をゆっくりと魔法に変換してる。

「お待ちください！　私は話さないのではなく、話せないのです！　制約の魔法によって、大臣の不利な証言ができないように魔法をかけられています！」

体をブルブル震わせて訴えるメイドさん。

魔法をかけられていること自体は、ギリギリ話せる範囲なのかな？

メイドさんの言葉に、テイルスミヤ長官がメイドさんにかけられている魔法を探っている様子。

「そのようですね、確かにあなたには魔法がかかっている様子。ならばこの魔法を解いてしまえば、あなたは自由に話せるのですね？」

メイドさんはブンブン首を縦に振り肯定。

テイルスミヤ長官から魔法が放たれ、メイドさんの身を包み込むように覆うと、パリンと微《かす》かな音がして、魔法が解除された。

途端に弛緩して姿勢を崩すメイドさん。

「話していただけますね？」

テイルスミヤ長官が、まだ怖い笑顔のまま聞けば、

「はい、私の知っていることは全てお話しします」

ノロノロと顔を上げてメイドさんが答える。

「貴様！　裏切るか！　恩知らずめ！　許さんぞ！」

呻《うめ》いていたおじさんが、メイドさんを睨《にら》みながら怒鳴《どな》る。

すかさず将軍さんがおじさんを取り押さえ、床に押さえ付ける。

それを見たメイドさんは、小さく鼻で笑ったあと、

「もともと制約の魔法がなければ、お前になど仕えるものか！　お前のせいで、私は弟を失ったのよ！　恨みこそあれ、恩などないわ！」

「そもそもなぜあなたは、この男に仕えるようになったのですか？」

テイルスミヤ長官の尋問が始まった。

「私と弟は、スラムに住む孤児でした。周りにもそんな子供がいたし、協力しながら生きてきました。でも時々大人が来て、子供を攫っていくことがあって、攫われた子供はその後戻ってくることはなく、私たちは大人から逃げながら生活していました。でもある日、弟がねぐらに帰るところをあとを付けられ、一緒に暮らしていた子供たち全員が捕まりました。連れていかれたのは暗く狭い地下室で、他にも大勢の子供たちがいました。そこで私たちは、決して大人には逆らえないよう、1人1人魔法をかけられ、その後は戦闘訓練と魔法の訓練、さらに毒に慣らすように常に食事には毒を盛られていました。死んでしまう子も多くいて、大人たちから見て使えるようになった子供から外へ連れ出されました。やがて私も外へ出され、その男の家でメイドの仕事を教えられ、王太子殿下のメイドに選ばれました」

人生を語り出したメイドさんに、ハルトグレン殿下がちょっと困惑した顔をしてる。

そうね、国の暗部を他国に知られちゃってるしね。

「王太子殿下のメイドになる時に、その男は私に、新しく魔法をかけました。普段の会話は支障なくできるけれど、その男が秘密と言ったことは、一切誰にも話せなくなる魔法でした。勤めて3年目、王太子殿下がリュグナトフ王国の公爵令嬢と懇意にしていると噂になり、娘を王太子妃にと企《たくら》んでいたその男は焦ったのだと思います。公爵令嬢の暗殺を何人かの孤児に命じました。弟もその中の1人に選ばれましたが、公爵家に忍び込む前に仲間割れで死にました」

ギリッと歯を噛み締める音がして、深呼吸を繰り返したあと、メイドさんが続けて話す。

「他国の公爵家の令嬢の暗殺など、容易《たやす》いことではなく、命を受けた全員が死にました。その後もなんとか王太子殿下の結婚を阻止しようとしましたが、叶《かな》わず。それでもその男は諦《あきら》めなかった。王太子殿下がいなくなれば、次の弟殿下が王太子になることを見越して、娘を弟殿下に近づけさせ、私に魔道具を使って王太子殿下に呪いをかけさせました。その男だけでは魔力が足りなかったので、私も協力させられました」

「魔道具の入手先をご存じですか？」

「私がまだその男の屋敷で働いていた頃、アブ商会の会頭と名乗る男が売りに来ました。他にもいろいろな魔道具を買っていたのを見ています」

「アブ商会」

宰相さんが、眉間に深い深い皺を寄せて呟《つぶや》いた。

「アブ商会の会頭は、どこで入手した魔道具か、言っていましたか？」

「はい、懇意にしているAランク冒険者から買い取ったと聞きました」

「その冒険者の名前は分かりますか？」

「いえ、そこまでは聞いていません。ただ、ササナスラ国のダンジョンによく潜っているとは聞きました」

「この男が買ったという、他の魔道具について何か知っていることはありますか？」

「ほとんどの魔道具は、呪いをかける類《たぐ》いの魔道具でした。あとは2、3個ほど、魅了系の魔道具があったと思います」

「ありがとうございます。これでだいたいのことは分かりました。あなたのこれからのことはまたのちほど話し合いましょう」

テイルスミヤ長官が他の人たちに質問するか確認をして、とりあえずメイドさんに聞くことはこれ以上はない、ということに。女性騎士に連れられて、部屋を出ていくメイドさん。

「魔道具の入手先、犯行動機も聞けたことだし、この男はもう必要ないな。ハルトグレン殿、処分はそちらの国に戻ってからになるのだろう？」

王様の質問に、ハルトグレン殿下が、

「はい、これでも一応大臣を務めた男です。父や貴族たちへの説明のためにも、この男の呪い返しの痕を見せなければ、納得はしないでしょう」

「そうだろうな。ならば帰国されるまでは、この男は城の牢にでも入れておこう」

「お手を煩《わずら》わせて申し訳ありません」

「なに、アブ商会の会頭とは、我が国の元男爵だった男だ。無関係とは言えぬだろうよ」

メイドさんが話している間中ずっと、何か怒鳴ろうとしていたおじさんは、将軍さんに猿轡《さるぐつわ》をされている。

そして待機していた騎士によって、乱暴に引き摺られて行った。

「あと残るのは、呪いの魔道具を直接入手したという、Aランク冒険者ですな」

「そうだな、Aランク冒険者の数は少ない。アブ商会と取引のあるAランク冒険者の割り出しも、そう時間はかからんだろう」

宰相さんの呟きのような言葉に、将軍さんが答える。

いつものパターンになってきた。

「そんで、あのメイドはどうするよ？」

「しばらくの監視は必要だが、普通にメイドの能力に問題はないし、身寄りもないようだから、城の下働きから始めればよいのではないか？」

「まあ、もう危険もなさそうだしな」

それで話はまとまり、あらためて赤ちゃんとママさんのところへ。

王妃様とママさんに構われて、キャッキャと笑う赤ちゃんの声に、皆の顔がゆるむ。

知らないうちに呪われて、赤ちゃんにまで害を及ぼしてしまったパパ殿下は、恐る恐る赤ちゃんに近づいて、指先でその柔らかな頬っぺたをつつく。

ハシッと小さな手で指を掴み、キャーと笑顔で歓声を上げる赤ちゃんに、パパ殿下はボロボロと涙を流した。

「ふ、不甲斐ない父ですまぬ。これからは必ず私が、そなたとそなたの母を守ると誓う！」

赤ちゃんを抱き上げたパパ殿下は、赤ちゃんのおでこにキスをしながら、涙ながらに誓いを立てた。

キスしたところが微かに光り、赤ちゃんに弱い魔法がかかった。

それは魔法と言うより、おまじないのようなものだった。

温かな雰囲気で、皆が微笑ましく見守るなか、

「ちょ、ちょっとお待ちください！　ハルトグレン殿下と、その赤子の親子の真偽はまだついておりません！」

雰囲気をぶち壊したのは、今の今まで存在を忘れていたミルリング王国の偉そうなおじさんその2。

その2おじさんの発言に、ハルトグレン殿下がものすごい形相で睨み付ける。

「貴様、まだそのような戯《ざ》れ言《ごと》を言うか⁉」

「お、お、恐れながら、殿下とその赤子の親子の真偽は、先ほどの騒ぎとはまた別の問題でございます！」

パパ殿下の睨みに、怯みながらも言い返すその2おじさん。

険悪な雰囲気に赤ちゃんがグズリ始める。

慌ててママさんがパパ殿下から引き取り、抱っこしてあやすが、赤ちゃんのご機嫌は治らない。

「ならば当初の予定通り、親子鑑定の魔道具を使って、真偽の程を確かめましょう」

宰相さんがその2おじさんを睨みながら言えば、その2おじさんは汗をかきながらも、何度も頷いた。

デュランさんの持ってきた親子鑑定の魔道具に、まずはアールスハインと王様が血を滴し、青くピカッと光ったのを確認させる。

次にリィトリア王妃様とアールスハイン。

当然、青判定。

次にアールスハインとその2おじさん。

赤判定。

さらに宰相さんとママさん。青判定。

宰相さんとパパ殿下。赤判定。

「これでこの魔道具の性能は証明されましたな？」

すごい目力《めぢから》で有無を言わせぬ宰相さんに、その2おじさんがコクコク頷く。

では本題のパパ殿下と、赤ちゃんの鑑定。

赤ちゃんに血を流させるのは可哀想《かわいそう》だが、仕方なく、指先をちょっと傷付け血を垂らす。

パパ殿下の血も垂らし鑑定。

結果は、青判定。

「これでハルトグレン殿下とイザルトが真の親子であることが証明されましたな？」

宰相さんの目力半端ない！

その2おじさんはコクコク頷く以外答えられない。

ママさんが心底ほっとした顔で赤ちゃんにキスをして、赤ちゃんがキャッキャと声を上げた。

赤ちゃんの笑い声は、皆の機嫌も回復させて、場の雰囲気が穏やかに戻った。

すごい空気読める赤ちゃんじゃない⁉

そこにデュランさんが、

「皆様、晩餐《ばんさん》の準備が調《ととの》いましてございます」

と、にこやかに告げるので、皆で移動。

途中、その2おじさんが、体調不良で離脱した。

晩餐室は穏やかな雰囲気で、和気藹々《あいあい》と過ごせた。

双子王子が赤ちゃんに興味津々《しんしん》で、でも首の座ってない赤ちゃんの抱っこはちょっと不安なので、手を握ったり、ほっぺにスリスリしたり、頭を撫でたりで、その度《たび》にキャッキャと笑う赤ちゃんに双子王子もキャッキャした。

なぜか最後に双子王子が俺を抱っこしては、赤ちゃんに見せるという謎の行動をして、皆に笑われた。

明日からは普通に学園での生活に戻るので挨拶をして、料理長にお土産の魔物を何体か届け、ボードに乗って学園に。

寮の風呂に入ってる途中で寝落ちしました。

2章　学園に戻りました

おはようございます。

今日の天気は晴れです。

今日からまた学園での生活です。

朝食を食べに食堂へ。

部屋の前で助と合流。

ユーグラムとディーグリーに挨拶をして、朝食を食べる。

食堂中央の席では、キャベンディッシュと元会長、元女神が普通に食事をしている。

なんてことのない風景だが、なぜか元女神がソワソワと周りを見回している。

何かをするつもりなのかと見ていると、近くを通りかかった令嬢が擦れ違う瞬間、ガシャンと、まるで令嬢に押されでもしたかのように食器を倒す元女神。

その行動に黙ってないのが2名。

「貴様！　今フレイルに何をした!!」

「大丈夫ですか？　フレイル。ああ、制服が汚れてしまった！　急いで着替えを用意しないと！」

「当然汚した本人である貴様が弁償するのだろうな！」

突然通りがかりに怒鳴られた令嬢は、驚いて声も出せない。

そこへ、元女神が弱々しい声で、

「ディッシュ様、ハウアー様、私は大丈夫です。こんなの、洗えばすぐ綺麗になります。だから、あまりその人を責めないであげてください」

と声をかけた。

いかにも自分は我慢していると言わんばかり。

実際は指１本触れてないのに。

「ああ、君はなんて心の広い人なんだ！　こんなにも嫌がらせを受けているのに、健気《けなげ》にも相手を責めないなんて！」

「そうだな！　フレイルは優しく聡明で、素晴らしい女性だ！　それに比べて、この学園の多くの女生徒たちの行いには、呆《あき》れ返るしかない！　品性を疑う！　このような下劣な者の集まる場所にフレイルをこれ以上置いておけない！　さぁ、さっさとこの場を立ち去ろう！」

やたら大声で叫び、去っていく３人。

因縁を付けられた令嬢は、友人らしい令嬢に連れられて別の席に行った。

なんだったんだろうか、ひどい茶番を見せられた。

なんだかモヤモヤした気分のまま教室に行くと、イライザ嬢がソワソワした様子で近寄ってきた。

「ごきげんよう、皆様」

「おはよう、イライザ嬢」

「「おはようございます、スライミヤ嬢」」

「あの、アールスハイン殿下。その、昨日は姉と甥《おい》がお世話になって……」

「ああ、そのことならなんの問題もなく解決している。今夜あたりお父上からも報告があるだろう」

「ああ！　ありがとうございます！　すみません、わたくし、気が急《せ》いてしまって！」

「いや、気になるのも仕方ないことだろう」

ほっとした笑顔になるイライザ嬢。

うん、今日もかわいい。

「かーいーあかたんらったねー（かわいい赤ちゃんだったねー）」

「はい、それはもう！」

頬を染めてはにかむイライザ嬢もかわいいですよ！

「ああ、もうお生まれになったんですね！　おめでとうございます！　洗礼のご予約はお済みですよね？」

ユーグラムが聞けば、

「ありがとうございます！　はい、予定では来週の週末に！」

「それはよかった。無事洗礼が行われることを祈ります」

「ありがとうございます。それではわたくしはこれで」

いつもより心なしか弾んだ足取りで去っていくイライザ嬢。

ディーグリーだけが事情を知らない様子に、

「ミルリング王国の王太子殿下に嫁がれたスライミヤ嬢の姉上がご出産と洗礼のために、帰国されているんですよ」

「もうお生まれになったんだね～！　年始めに、宰相様が直接店に来て、赤ちゃん用品を爆買いしてったことが噂になってたよ～」

「宰相様でもそうなるのですね？　洗礼のご予約も妊娠発覚後すぐに、宰相様が直接予約を取りにいらしたようですし」

「でもさ、ミルリング王国ではスライミヤ嬢の姉上の不貞の噂があって、王太子殿下のお子ではないって、結構な数の貴族が疑ってるらしいね？」

ディーグリーの声をひそめた話に、

「そのことなら、昨日のうちに解決している。ケータの作った魔道具でな！」

頭を撫でられました。

「さーすがケータ様！　でもその魔道具は、また物議を呼びそうな魔道具だね！」

ウィンクされました。

俺のせいではありません！

「さいしょーしゃんに、たのまりた！（宰相さんに、頼まれた！）」

なので俺のせいではありませぬ！

「まあ、そりゃそうだよね～。自分の娘の不貞を疑われて、しかもそれを一発で解決しちゃえる魔道具を作れそうなケータ様がいたら、頼むしかないよね～」

「ですが、今後は親子の真偽を調べたいと思う貴族が、多く出るでしょうね？」

「調べたいと思うのは、貴族だけじゃないだろうしね～」

「今はまだ噂の段階だが、問い合わせはいくつか来ているらしい。乱用は避けたいところだがな」

アールスハインが苦い顔で言ったところでカイル先生が教室に入ってきたので、それぞれの席へ。

「おー、おはよー。今日は特に連絡事項もねーな。そんで休み前に言った、飛び級を受ける奴は、今日から3日以内に俺のところに来るように。遅れた奴は試験を受ける資格も失うから、そのつもりでいろよ!」

「は～い、せんせ～! 俺、飛び級試験受けま～す!」

「なんだはえーな! んじゃ今聞くか? 他に飛び級試験受ける奴は?」

アールスハイン、ユーグラム、イライザ嬢が手を上げる。

「とりあえず4人は確定な? 他の奴は、まぁ悩んでもいいが、3日以内に決めろよー」

ゆるーく言って、そのまま教室を出ていった。

次の授業の用意をしてると、爽《さわ》やか君が近づいてきて、

「皆さん、さすがですね! もう飛び級を決められるなんて! クラスメイトでなくなるのは寂しいですが、頑張ってください!」

「ありがとう」

「ありがとうございます」

「ありがと～う! 頑張るよ～」

爽やか君を筆頭に、クラスメイトがそれぞれに応援してくれる。

授業に来た先生たちも、全員が応援の声をかけてくれた。

その様子を見て残りの６人も試験だけは受けてみる気になったらしく、放課後にはカイル先生が「俺のクラス優秀！」と職員室で自慢してたとか噂になってた。

それとは関係ないが、元女神の行動もまた噂になっていた。

なぜか令嬢の近くを通ると転ぶとか、教科書が焼却炉の中にあったとか、お気に入りのペンが他のクラスの令嬢の荷物に紛れてたとか。昨日の休みには、校庭の隅にある池に落とされたとか。

それらは全て、キャベンディッシュと元会長が夢中になってるフレイル・マーブルに嫉妬して、令嬢たちがフレイルをいじめている！

という話になっていた。

キャベンディッシュと元会長がそう叫んでいた。

とても迷惑な話である。

今となってはもう、キャベンディッシュも元会長も、誰も見向きもしていないというのに。

その後、数日経ったが、いまだ元女神の噂は流れている。

なぜかキャベンディッシュと元会長の言葉に乗っかった男子生徒数人が、元女神の取り巻きに加わった。

廊下を歩くだけで周りを威嚇《いかく》しているその姿が笑い者になっているが、本人たちは騎士気取りでいい気になっている。

まあ、そのおかげで、元女神の企みが不発に終わっているのだが。

一度、珍しく1人で歩く元女神を発見したので認識阻害を発動させてあとを付けたら、校舎の裏の目立たない場所で、壁を蹴《け》りながらものすごく愚痴《ぐち》っていた。

「なんっっっで思い通りにならないのよ！　魔道具は見つからないし！　悪役令嬢はいないし！　イベントは起きないし！　あれだけ苦労して場を整えたんだから、ちゃんと！　ミルリングは働きなさいよ！　なんで侵略してこないのよ！　しかも仕込んどいた疫病《えきびょう》が、なんで！　流行《はや》る前に特効薬の開発に成功してんのよ⁉　お陰でこの国は全然危機に陥らないじゃないの！　このままじゃ魔王の力が足りなくて、現れた途端倒されるでしょ！　そもそもなんでキャベンディッシュがあんなに馬鹿な設定になってるの⁉　あいつの母親だって、権力使って王宮内でもっと力を持ってるはずなのに！　なんで失脚してんのよ⁉　本当に使えないんだから！　このままじゃ王妃にだってなれないじゃないの！」

ゲシゲシゲシゲシ校舎の壁を蹴っているけど、足が丈夫ですね？

そしてお前は王妃になる気だったのか⁉　無理だろ！

ミルリングが侵略するとかは、あれだろうか、偉そうな大臣が差し向けた暗殺者によって、

イライザ嬢の姉が殺される筋書きでもあったのだろうか？　未来の王族を殺されたとかで、侵略しようとするとか？

イライザ嬢の姉は、この国に入った途端この国の騎士たちによって護衛される立場になったので、暗殺者は騎士たちに排除されたらしい。

この国の騎士たち強いからね！

疫病の特効薬はあれだ、去年の演習の時に大量に捕獲したレア虫魔物からできる薬か？

冒険者ギルドの副ギルドマスターが言ってた。

これで依頼が捗《はかど》る！　とか。

薬師ギルドってのがあって、そこの依頼で虫魔物の大量発注があったらしい。

画期的な薬の精製方法を発見したとかで、今までは作れなかった薬も作れるようになったとか。

よくよく話を聞いてみると、蒸し器の改良型のことみたい。

大量の素材を蒸して蓋《ふた》に付けた管から、薬効成分と蒸気だけを取ることに成功。

その成分が、今まで煮た絞り汁を使った薬の、遥か上を行く効果が出たとかなんとか。

詳しくは知らないけど、そんな実験をするなかで、いろいろな薬の開発に成功したとか。

魔道具は俺たちが買い漁っちゃったし、魔王はもともとそんなに強くないってギャル男神言ってたし！　キャベンディッシュが馬鹿なのは、権力持ってた元王妃のせいだし。

うん、俺は悪くない！

そもそも自分の失態のせいで人間に落とされたくせに、この地上でまで好き勝手しようとしてるのが間違いだ。

そんなん好きにさせるわけがない。

別に狙ってたわけじゃないのに、悉《ことごと》く元女神の企みを阻止できていることがとても嬉《うれ》しい。

ざまーみろ！　お前の好きになんかさせるか！

いつか本人の前で言ってみたいね！

◆◇◆◇◆

おはようございます。

早いもので、後期もあと3日で終わります。

Sクラスの飛び級試験は、アールスハイン、ユーグラム、ディーグリー、イライザ嬢ともう1人しか受かりませんでした。

ただ、受かったもう1人は、飛び級せずに2年生になるそうです。

なので飛び級で、３年生になるのは４人だけ。

と思ったら、ちゃっかりシェルと助も飛び級するそうです。

まあ、シェルは、もうお城で十分に働けるくらいの能力があるし、助は騎士団で鍛《きた》えられてるしね！

食堂では、いまだにキャベンディッシュたちが騒いでいる。

ただし、周りはちゃんと学習していて、キャベンディッシュなどの周りには誰も近づきもしない。

元女神の取り巻きは、全部で８人になった。

常に元女神の周りに侍《はべ》って守っているつもりらしいが、本人に取っては邪魔でしかないらしい。

たまに取り巻きを撒いて、１人裏庭で壁を蹴っている。

コッソリ近づいて愚痴を聞いてみると、キャベンディッシュたちの気遣いが、計画の邪魔しかしていないらしい。

当初の目的としては、いじめに遭《あ》いながらも健気に学園に通い続ける元女神の姿に胸を打たれた攻略対象の誰かが声をかけ、そこから他の攻略対象ともお近づきになる計画だったらしい。

ついついウケケ！　と笑っちゃって見つかりそうになった。

そんな計画が上手くいくわけがない。

本当に純粋に真っ当な令嬢がそんな目に遭っていれば、アールスハインやディーグリー、助辺りは手を差し伸べるかもしれないが、中身がこの世界を好き勝手してた元クソバカダ女神であることを知った以上、手を貸すわけがない。

なお、ユーグラムはかわいくなければ興味がないし、シェルは面白い者にしか反応しない。

その間にもアールスハインたちは、着々と強くなっている。

肉体強化は自在に使えるようになったし、ボードの扱いも相当上手くなった。

無駄にアクロバットな飛び方はどうかと思うけど。

騎士団でも何人かは肉体強化に成功したし、ボードに乗れる騎士も多くなった。

魔道具の焼き付けにも慣れてきた人が多くなって、いろいろな魔道具の量産ができるようになってきた。

助ともあらためて乙女ゲームの話をしたが、やったことのないゲームの話などよく分からない、というしょうもない結論だった。

元女神が言っていたイベントが何を示すかは分からないけど、去年から度々ある魔物の襲撃や他国のお家騒動なども、その一部ではないかという予想。

この予想は王様たち国の偉い人とも共有しているし、次期女王になるクレモアナ姫様の挨拶回りも終了したので、外交への意欲が増し増しになって、あらゆる情報を集めることに夢中になっているので、何かあれば手遅れになる前に対処できるだろう。

イングリードとイライザ嬢の仲も順調に進展しているようだし、ミルリング王国のパパ殿下とママさんも赤ちゃんも順調らしい。

宰相さんが会う度に孫自慢してくるし。

ビデオとカメラを作らされたよ。

これはもう最初から判子にして、量産体制に入っている。

ミルリング王国のパパ殿下に送り付けて大量の写真を要求して、お城でもやたらと写真を見せびらかしているらしい。

それが羨《うらや》ましかったのか、悔しかったのか、将軍さん家もお嫁さんが妊娠したんだって。

今からソワソワしてるのは、どうかと思うけど。

そうそう、すっかり存在を忘れてたけど、元聖女も無事出産をしたが、生まれた子供は元聖女の茶髪でも、キャベンディッシュの金髪でもなく緑色の髪の子供だった。

元聖女の護衛に当たっていた騎士が緑色の髪だったので、すぐに親子鑑定をしたら親子判定。

騎士は責任を取って赤ちゃんを引き取って、騎士を辞任して今は街の一般兵士になったそうです。

引き取りに行った時に、元聖女は子供よりも自分を助けろと訴えたそうだけど、相手にもしなかったらしい。

アンネローゼのダイエットの旅は当初から軌道がずれていき、今はもう魔法少女ではなく、ロクサーヌ王妃様化が激しく、今は魔法少女ステッキを捨ててモーニングスターをぶん回しているらしい。

報告をしに来た騎士がガクブルしてた。

王様とクレモアナ姫様が頭を抱えてた。


夏本番でも学園の中は快適な温度に保たれているし、この国は湿気もなく、温暖化などとは縁遠い環境なので、真夏でもそれほど厳しい暑さではない。

半袖Tシャツとハーフパンツで、ヒンヤリした巨大化ハクに乗っかって読書をしている今は授業中。

社会という名の貴族学の時間。

微塵《みじん》も興味がないので、テイルスミヤ長官に借りた魔道具の本を眺めている。

いろいろな魔道具が載っているが、どれもいまいち。

どの魔道具も1つの機能しか付いてない。

俺が作った魔道具は、基本2、3個の機能を付けちゃうので、他の魔道具を作る時より魔力を多く使うそうです。

魔力は多いけど、魔法の使えなかったお城で働く人たちのいいアルバイトになってるそうです。時々感謝されてお菓子をもらうけど、だいたい食えないっていうね！

お城のお菓子はだいぶ改良されて俺でも食べられるようになってきたけど、そもそもの小麦自体が別の種類っぽい。

週末になるとたまにボードに乗って街の外のいろんなところに行くけど、小麦はどこでも作っているが、場所によって種類に違いがあるらしく、柔らかさが全然違うことが分かった。いろいろ試して料理長が作った柔らかいパンは、俺のマジックバッグに大量にストックしてある。

アマテ国から送られてきた米も結構ある。

ディーグリーの家の商会が頑張ってくれているので、学園の肉も段々柔らかくなってきて、俺の食べられる物も増えてきた。

あと心配事と言ったら？

元女神の存在は不気味だけど、脅威と言えるほどの力はない。

助の話では、乙女ゲームは学生時代に事件が起きることが多く、卒業までには解決してると思う？って話。

そう言えば妹もゲームをやっていて、「よっしゃ！　これであとは卒業パーリーで終了！」と叫んでいたのを覚えてる。力強く拳を掲げてたのも。

それが本当なら、あと1年で終わるのだろうか？　それとも元女神が卒業するまで？　でもそれだと攻略対象がいなくなる。

ならば、キャベンディッシュが卒業するまでなのだろう。

乙女ゲームのラストはだいたいハッピーエンドなら、２人が結ばれて結婚とかで終わるはず。バッドエンドとかもあるらしいけど、それは関係ない。

元女神がどうなろうと、自業自得。

終わりの時期が分かっているなら、それまでに何かが起こるのは確実だろう。

それにいかに迅速《じんそく》に対処するか。

連絡用の魔道具も作って、国の偉い人たちには渡してあるし、クレモアナ姫様が国内外の情報を集めてるし、何かあれば連絡してくれることになっている。

ギャル男神からもらったチート魔法能力は、いざとなれば強いだろうし、なんとかなるだろう。

じゃあ卒業後は？

シェルによれば、俺って魔道具やその他の道具、肉の処理方法やパンの製法なんかも、特許的にお金が入っているらしく、軽く伯爵並みの資産があるらしい。

伯爵並みの資産がどれくらいか知らないけど、具体的な金額は聞いてない。

庶民にはちょっと怖い金額な予感がするしね！

アールスハインが卒業後どうするかは聞いてないけど、いつまでもお城に居候《いそうろう》するのもどうかと思うし、そもそもお城では俺のやることがない。

魔道具の開発や、魔法の新しい使い方とかを考えて仕事にするのもいいかもしれないけど、せっかく異世界に来たんだから、世界を見てみたい。

環境汚染のない世界は、さぞ美しいことだろう。

それには冒険者になるのが一番早いんだけど、登録できないってどうなのさ！

アールスハインにくっついているから登録できないのか、妖精って言ってるからかは分からない。

そんなことをつらつらと考えてるうちに、1日が終わった。

平和で何より。

今日も1日普通に授業を受けて放課後に訓練所へ向かっていると、カイル先生に呼ばれました。

呼ばれたのは、飛び級組の4人。

職員室の隣にある談話室に行くと、

「おう、来たな！」

「な〜に〜せんせ。俺たち、今卒業パーティーの準備で忙しいんだけど〜？」

「悪い悪い。今日呼んだのは、来季からお前らは3年に飛び級するだろ？　そんで成績からすると、全員Sクラスになる」

「イエ〜イ！　俺たち超優秀！」

「ああ、その超優秀なお前らの希望を取らなきゃなんねーんだよ」

「希望？　班決めは新学期始まってからでしょ〜？」

「3年Sクラスの生徒は、希望すれば演習場所をダンジョンにできるんだよ。まあ実力を認められた生徒だけだけどな！　騎士科の生徒を1人以上付ければって条件付きだが。んで、お前らどうする？」

「は〜い、俺、希望しまっす！」

「ええ、私も希望します」

「俺も希望します。ついでに騎士科の生徒として、ティタクティスも班に入れたいです」

「…………わたくしは希望しません。今の2年生には知り合いが少ないので、まず班を組むことからしませんと」

「分かった、お前ら3人は希望な！　ティタクティスは自分らで誘っとけ。スライミヤ嬢は、まぁ班決め頑張れ！　話は以上。邪魔したな！」

そう言って、さっさと部屋を出ていったカイル先生。

その後、訓練所に行って訓練してその日は終わり。

◆◇◆◇◆

おはようございます。

今日の予定は、午前中に卒業式、午後は卒業パーティーです。

書記先輩の卒業です。

卒業パーティーは、在校生は出欠席自由ですが、王族であるアールスハインは来賓《らいひん》として出席しなければなりません。

生徒会も出席。

新生徒会が主催して、先輩方を送り出すパーティーってことだからね。

まあ、ユーグラムもディーグリーも、忙しそうだったのは3日くらいだけど。

会場整備は業者に頼むし、準備や配膳なんかは侍従科が、生徒会は挨拶の順番を決めるとか、卒業式に出席した来賓への挨拶とかだけ。

当日が一番忙しそう。

卒業パーティーは、基本、保護者の同伴はしないのが暗黙のルール。

学生最後の羽目を外せる気楽なパーティーだからね！

卒業式はどこか厳《おごそ》かな雰囲気の中、学園長も来賓代表のなんとか大臣の挨拶もほどほどの長さで終了し、恙《つつが》なく終了した。

このあとはパーティーなので、皆が急ぎ足で準備のために部屋へ戻る。

特に令嬢たちは、競歩並みの早足で我先に出ていった。

ユーグラムたち生徒会は、来賓と高位貴族な保護者への挨拶に忙しそう。

部屋に行くと、シェルがいい笑顔で俺の着替えをさせる。

薄くブルーがかった半袖ワイシャツに、グレーのベスト、ハーフ丈のグレーのズボン、紫色の蝶《ちょう》ネクタイ。

アールスハインは、長めのブルーのジャケットに、同色の短めズボン、靴下とピカピカの靴。中に着てるシャツがヒラヒラしてる！

シェルが教えてくれたんだけど、長めのジャケットは、ジュストコールっていう、貴族定番のジャケットなんだって。

アールスハインはスタイルが良いので何を着ても似合うけど、普段の服装がすごくシンプルなんで、着飾った姿を見ると違和感がある。

特にヒラヒラシャツがね！

本人もなんだか微妙な顔をしてるし。

よ～く見ると、ジャケットには同色の糸で刺繍《ししゅう》がしてあるし、夏なのに暑そう！

今日は移動魔道具ではなく、久しぶりにアールスハインの抱っこで移動。

会場に着くと、キラッキラに飾られた会場に、キラッキラに着飾った生徒たち。

もうだいぶ慣れたと思ってたのに、今日はドレスの色彩も合わさって、あまりのカラフルさにクラクラする。

夏のドレスなだけあって、令嬢たちの露出が多い。

皆さん、スタイルいいですね！

中には盛り溢《あふ》れそうな人もチラホラ。

今日が学生最後の日なので、無駄に気合いが入ってる様子。

スケベ心を刺激された男子生徒の鼻の下がノビノビしてる。

王族であるアールスハインに挨拶に来る人は多いけど、知ってる顔はほとんどない。

いかにも肉食系な令嬢たちも挨拶に来るけど、さすがに幼児な俺の目の前で露骨に誘い文句を言うわけにはいかないのか、ちょっと剥れ気味に去っていく。

アールスハインに撫でられた。

虫除けか！

珍しく元女神と一緒にいないキャベンディッシュの方には、下位貴族の肉食令嬢が群がっているけど。

「アールスハイン殿下」

声をかけてきたのは、書記先輩。

「オコネル殿、卒業おめでとうございます」

「ありがとうございます。お世話になりました」

深々と頭を下げる書記先輩。

「特に何もしていないが？」

「いえ、アールスハイン殿下方のご尽力により、幼馴染《おさななじ》みが堕落《だらく》し切る前になんとか卒業を迎えられました」

書記先輩が視線を向けるのは、元会長。

忘れてたけど、奴は卒業生だったんだね？

無事卒業できたようで、よかった。

今後のキャベンディッシュとの無駄な争いが減る！

「…………どうにかなるのか？」

「奴も、さすがに今までのような振る舞いはできないでしょう。何よりお父上がお許しにならない。希望していた魔法庁職員試験にも落ちて、それが堪《こた》えているようです」

確かにいつものように無駄にキャベンディッシュに絡みに行かずに、会場の隅でボンヤリしている。

あれ？　そう言えば、元会長も攻略対象じゃなかったっけ？　最初の頃は書記先輩も攻略対象だと思ってたし？

いなくなっちゃうけど、いいんだろうか？

まあ、いいか！

挨拶の列も途切れたので、食事の用意された会場の一角に向かう。

パーティー用に用意された食事は、豪華に飾られ、さまざまな種類が並ぶ。

いろんな種類を食べられるようにか、1つ1つが小分けにされている。

どれが食べられる物か分からないので、適当に取り分けてもらい、ちょっとずつ摘《つ》まんでみる。

食えない物はアールスハインにパス。

普通に食いかけを食う王子に、給仕している生徒がギョッとしてる。

通常営業です！

手が空いたのか、ユーグラムたちも合流して、料理の感想を言いながら壁際で話していると、会場がザワッとした。

皆の視線の先に目を向ければ、ギラギラの真っ赤なドレスを着た、コッテコテの化粧の元女神がいた。

卒業パーティーの主役は当然卒業生。

なので在校生は制服でパーティーに参加するのが習わしなのに、会場で誰より目立つドレスを着た元女神。

気付いたキャベンディッシュが足早に近寄り、元女神を褒め称《たた》える。

さっきまでキャベンディッシュを取り巻いていた令嬢たちが、スンとした顔になる。

会場中央で抱き合わんばかりに密着する2人に、周りの目はとても冷ややか。

誰も近づこうとしないので、中央だけポッカリ空間が空いている。

しょーもな！

他の人たちも同じ気持ちなのか、誰も見向きもせずにパーティーは進む。

粗方《あらかた》の料理も制覇して、そろそろお開きの時間が近づいて、多くのカップルが誕生して、そこここでピンクな空気を醸し出しているなか、

「イライザ・スライミヤ！　イライザ・スライミヤはどこだ！」

キャベンディッシュの声が会場に響いた。

会場中央で、元女神の肩を抱いて叫ぶキャベンディッシュ。

「イライザ・スライミヤはどこに行った！　畏れをなして逃げたのか！」

それを見てアールスハインが、ふううーーーと深い深いため息をついて俺をシェルにパスすると、会場中央に行き、

「兄上、この祝いの席で主役でもない兄上が、何を騒いでいるんですか？」

「お前には関係ないだろう！　でしゃばってくるな！」

「この場で兄上に意見できるのは私だけなんですから、仕方ないでしょう。そもそも兄上が無駄に騒ぎを起こさなければ、私だって出てはこなかったんです」

「うるさい！　貴様には関係がないと言っているだろう！　下がれ！」

「下がるのはあなたの方です。あなたのせいで主役である卒業生が迷惑しているのですから」

「黙れ！　私はこの場であの女を懲らしめる権利がある！」

「兄上にどんな権利があると言うのですか？」

「私の婚約者の座欲しさに、フレイルを不当に虐《しいた》げた罪の断罪を行う権利だ！」

「はあ？」

ホントに、はあ？　としか言えない。

アホにもほどがある。

「何を言っているんですか？」

「イライザ・スライミヤが私の婚約者の座欲しさに、フレイルを不当に虐げた罪の断罪だと言っているだろう！」

「…………はあーー。イライザ・スライミヤ嬢は、イングリード兄上の婚約者ですが？　それにそちらの令嬢が虐げられていたなどと、本人以外の誰が言ったのですか？　もちろん断罪などと言うのであれば、確かな証拠があるのですね？」

「な、な、な、何を言っている！　あの女は私の婚約者候補だったではないか！　私の婚約者候補でありながら兄上の婚約者になるなど、不貞を働いていたのか！　さらに許しがたい！」

「それはあり得ませんね！　イライザ嬢はスライミヤ家のご令嬢ですよ？　スライミヤ家は、兄上の母であるクシュリア様のご実家のルーグリア家とは、犬猿《けんえん》の仲で有名な家です。そのような家の令嬢を、クシュリア様が兄上の婚約者候補にするわけがない！」

「それは……。だが、ならばなぜ」

キョロキョロと挙動不審に周囲を見回すキャベンディッシュ。

周りの視線がひどく冷めていることにやっと気付いたのか、

「だ、だ、だが！　スライミヤがフレイルを虐げたのは本当だろう！　それを王子である私が断罪するのは、当然の権利だ！」

「そんな権利は兄上にはありません！　その権利があるとしたら、学園長かもしくは、父上だけです！　そもそも証拠はあるのですか？　本人の証言などは、証拠とは言いませんよ？」

「フレイルの証言が証拠にならないとはどういうことだ！　フレイルが平民だからと、その証言を信じないなど、お前にはこの学園にいる資格がない！」

「証拠とは、客観的な第三者の証言や物的証拠のことを言います」

「ならば証拠はある！　焼却炉に捨てられたフレイルの教科書や、盗まれたペン、池に突き落とされた時の服もな！」

「それで？　それをスライミヤ嬢がやったと、目撃した者が1人でもいるのですか？」

「しょ、証拠があるのだ！　そんな者がいなくても、奴の罪は明らかだろう！」

「……………話になりませんね！　そのような証拠能力のない物で、不当にスライミヤ嬢を糾《きゅう》弾《だん》すれば、兄上の方が立場を失うでしょう」

「な、な、何を言う！　私は正義を為しているだけだ！　私の立場が悪くなるなどあるわけがない！」

「そうお思いならば、このように学園ではなく、直接父上に奏上《そうじょう》申し上げればいい。父上ならば、仮に高位貴族の令嬢であっても、直接裁く権利があるのだから」

「それは、お忙しい父上の手を煩《わずら》わせることなく、事を収めようとしたまでだ！」

「兄上にそのような権利はありません！」

「う、う、う、うるさい！　貴様とでは話にならん！」

全否定されたキャベンディッシュは逆切れして、元女神の手を掴み会場を出ていった。

アールスハインはまた、深いため息をついて、

「先輩方、兄が騒いで申し訳なかった、どうか残りのパーティーも楽しんでくれ」

そう一礼して、こっちに来た。

「おちゅかれー」

シェルからアールスハインに抱っこが移ったので、肩の辺りを叩きながら言えば、ため息のような苦笑が返ってきた。

「悪いがユーグラム、俺たちは先に失礼する」

「ええ、お疲れ様でした。ゆっくりお休みください」

「お疲れ様で～す。あとは俺たちでやりますんで、大丈夫で～す」

ユーグラムもディーグリーも請け負ってくれたので、俺たちは部屋へ戻った。

部屋に戻っても、今日のことを手紙で報告しないといけないので、すぐには寝られないんだけどね。

ヤンキー顔なのに、とても真面目なアールスハインはそのへん、手を抜けないので大変。

3章　夏休み

おはようございます。

今日の天気は晴れです。

今日は午前中、修了式があるだけで、あとはお城に帰ります。

朝食を食べて、教室に寄ったらすぐに講堂へ。

学園長の話を聞いて、知らない先生の夏休みの注意事項を聞いて、また教室へ。

カイル先生からも軽く注意事項を言われて終了。

夏休み明けからは別の学年になるクラスメイトたちが次々に挨拶に来てくれて、ついでに撫でられた。

ユーグラムとディーグリーとも夏休みに遊ぶ（？）予定を立てて別れ、ボードに乗ってお城へ。

快晴の空の下、ボードに乗って飛ぶのはとても気持ちいい！　が、俺とシェルが普通に飛んでいる周りを、アールスハインと助が無駄にアクロバットに飛んでいて、宙返りのまま目の前に落ちてくるとか、とても邪魔。

なので弾力のあるバリアで弾き飛ばしてやったら、ボードから落ちそうになっててすごい焦ってた。

それを見てシェルが爆笑してた。

お城の門も飛んだまま越えようとしたら、門番さんも慣れたもので笑顔で手を振って見送られた。

襲撃とか警戒しないんですかね？

まぁ、今のところ空を飛べるのは俺たちと騎士の何人か、あとは魔法庁の職員が何人かしかいないしね！

お城に着いたら、まずは王様に帰還の挨拶。

王様の執務室に行くと、い〜い笑顔の宰相さんもいて、昨日のパーティーのことを聞かれた。

手紙で先に知らせていたので簡単に話しただけだけど、宰相さんの笑顔がどんどん恐ろしいことになってて、王様は頭を抱えてた。

そこにシェルから差し出されたのは、映像記録の魔道具。

無言の王様に促されて再生。

そこに映っていたのは、キャベンディッシュが昨日証拠と言い張った、焼却炉に捨てられた教科書、盗まれたペン、突き落とされた池の映像。

映像には、全て元女神の自作自演の様子が映されていた。

ついでに、複数の令嬢とすれ違いざまに転ぶ元女神の映像も。

令嬢たちは元女神に、指1本触れていない様子が見て取れる。

もう笑顔でもない宰相さんの顔が見られません！

宰相さんから漂ってくる空気だけで恐ろしい！

「…………これは、我がスライミヤ家に対する宣戦布告ととってよいのでしょうな？」

地の底から響くような怒りに震えたひっっっくい声の問いかけに、王様は顔を上げられません。

そこに、部屋の外で警備していた騎士が、キャベンディッシュの来訪を告げる。

宰相さんから漂ってくる空気が、一気に氷点下に！　キャベンディッシュは無事では済まないだろうと確信した。

王様が司令官ポーズで許可を出せば、

「父上、第2王子キャベンディッシュ、只今帰還いたしました！」

まるで昨日のことなど何もなかったように元気に挨拶をして、部屋に入ってきた。

そこに俺たちがいて、部屋の空気が張りつめていることに気付いたキャベンディッシュ。

だが宰相さんの顔を見ると、途端に怒りも露《あら》わに、

「スライミヤ公爵、貴様は娘の教育もまともにできぬようだ！　そんな男に宰相などと、国の

重要な地位を任せるのは不相応ではないか？　速やかに辞任し、娘の教育をやり直せ！」

声高々に宣った。

ふぅーーーー、と気を落ち着けるように息を吐く宰相さん。

王様は顔が上げられないまま、蟀谷《こめかみ》を揉《も》んでいる。

「キャベンディッシュ殿下、私の、娘が、なんですと？」

「お前の娘は、身分を笠に着て不当に平民の令嬢を虐げている！　そんな女を兄上の婚約者とは認められぬ！」

キャベンディッシュが話す度に、宰相さんが肩で息をするように深呼吸を繰り返す。

握り締めた拳もブルブルと震えてるし、とても恐い。

真横からのプレッシャーに負けたわけではないだろうが、王様がやっとのことで顔を上げ、

「……………キャベンディッシュ、昨日のパーティーで、アールスハインに言われたな？　誰かを糾弾するのならば、確たる証拠が必要だと。そして、昨日の時点でお前が証拠として挙げた物に証拠としての価値はないと。それでもまた、我が国の宰相であり、公爵であるスライミヤ卿に向かっての暴言。新たな確固たる証拠が見つかったのであろうな？」

「父上、こやつの戯れ言に惑わされないでください！　こやつには、私の持つ証拠の価値が分からないのです！　実際に見ていただければ、一目瞭然なのですから！」

「ほう、ならばお前の持つ証拠の前に、私の持つ証拠を確認してみろ」

王様に目配せされて、デュランさんが映像を再生させる。

そこには元女神の、自分で教科書を焼却炉に投げ入れる姿が、自分のペンを隣のクラスの令嬢の鞄に入れる姿が、池に自ら飛び込む姿が、鮮明に映されていた。

そのあとにも、令嬢たちは指1本触れていないのに、近くを通っただけで転ぶ元女神の姿が次々に映されている。

それを見て、ドンドン顔色を失っていくキャベンディッシュ。

「これでもまだ、イライザ嬢にありもしない罪を問うか？」

「そ、そ、それは、わ、わ、私も、だ、騙《だま》されたのです！　私が悪いわけではないのです！」

「卒業パーティーの最中、イライザ嬢を糾弾しようとしたにもかかわらず、ろくに調べもしなかったのか？　この映像に映る者の言葉を鵜《う》呑《の》みにしたのか？　貴様、それでも王族の端くれか⁉」

最後の方は怒鳴り声になった王様の剣幕に、キャベンディッシュはガクガクと震えるばかりで言葉が出てこない。

「これで万が一、イライザ嬢の悪い噂でも広まれば、お前はどう責任を取るつもりだった⁉」

「だ、だ、騙されたのです！　私が悪いわけでは！」

「黙れ！　騙されること自体あってはならんのだと、なぜ分からない？　お前は王族なのだぞ！」

「ヒィ」

ブルブル震え、しゃがみこんで頭を抱えるキャベンディッシュ。

「貴様のような愚か者に、王位継承権は与えられぬ！　学園卒業後は、覚悟しておくのだな！」

王様の言葉にも、ヒィヒィ言うだけで、答えられないキャベンディッシュはデュランさんに首根っこを持たれて、部屋の外へ投げ出された。

キャベンディッシュが放り出されたあと、王様が宰相さんに頭を下げた。

「すまなかった。まさかあそこまで愚かな息子とは思わず、放置した私の責任だ！」

とても悲痛な声で、頭を上げない王様。

宰相さんはふぅーと息を吐いて、

「いえ、王であるあなたに謝ってもらう必要はありません。今回はアールスハイン殿下のお陰で、大事にはならないで済みそうですし、じきに婚約式もありますので、悪意ある噂もすぐに消えるでしょう。ですが、奴の性根《しょうね》は一度徹底的に叩き直す必要がありますな！　前回の聖女の件といい、同じ過ちを繰り返すのはあまりに愚かだ！」

「分かっている。クシュリアの件も含めて、婚約式の前には片を付ける」

暗い表情の王様に、かける言葉も見つからずそっと部屋を出る。

アールスハインの眉間に深い皺が寄っている。

そっと近づき眉間をグリグリしてやると、ハッと俺を見るアールスハイン。

「ふくじゃつなー、いちおーありぇでも、にーたんらからなー（複雑だなー、一応あれでも、兄ちゃんだからなー）」

「…………他の兄弟とは違って、子供の頃からあの兄とは交流が一切なく、兄と呼んではいるが、他人のような感覚しかない。今回の継承権剥奪も、当然のことと思う。だが、なぜあんなに愚かな行為が平然とできるのかが分からない。そして…………いつか自分もあのような愚かな行為に及んでしまったとしたら、とても恐ろしいと、思う」

一言一言噛み締めるように話すアールスハイン。

頭もどんどん下がっていく。

見た目よりも柔らかいツンツン頭をちっさい手でテシテシ叩く。

「はいんはー、らいじょーぶよ！　みんにゃがいりゅれしょー。はいんがー、まちゅがったりゃー、おこってくりぇるよ？（ハインは大丈夫だよ！　みんながいるでしょ。ハインが間違ったら、怒ってくれるよ？）」

俺の真似をしてるのか、ソラも尻尾でアールスハインをテシテシ、ハクはアールスハインの

頭に乗って、頭の上でグリグリしてる。

その様子を見て、後ろから気配もなく合流してたシェルが爆笑しだした。

笑いの残る声で、

「ええ、ハイン王子が間違ったことをしたら、力の限り止めさせていただきます！」

と笑顔で告げた。

「お前、それは力業でだろう！　まずは説得しろよ！」

「もちろん説得もいたしますよ？」

「その前に殴《なぐ》る気満々だろうが！」

「そりゃ誰か様みたいなことになれば、人の言葉が耳に入らないのは、実証済みですからね！」

い～い笑顔のシェルに、アールスハインがグヌヌとなってる。

それを笑ったのは今度は助。

みんなして気配もなく近寄るよね！

シェルも笑いだし、アールスハインも笑いだした。

みんなして笑っていると、部屋から出てきた宰相さんが、変な顔で見てきた。

シェルがペロッとわけを話すと、アールスハインがばつが悪そうに頭を掻こうとして、そこにまだいたハクを鷲掴《わしづか》んでしまって、シェルの爆笑を誘ってた。

アールスハイン以外も釣られて笑っちゃって、不機嫌丸出しだった宰相さんも笑った。

「ハイン王子は、良き友人に囲まれておりますな。間違いを正してくれる者が側にいれば、人はそうそう道を外れることはありません。大事にされることです」

「ありがとうございます」

アールスハインも笑顔でお礼が言えたので、大丈夫だろう。


その後は、部屋に戻ってゆっくりしてたら昼食の時間。

午後は訓練場に行くかって話をしてたら昼食に双子王子が乱入してきて、午後はずっと双子王子に振り回された。

夕食の席には、やはりキャベンディッシュはおらず、クレモアナ姫様がため息混じりに、

「あの子はこういう時に1人で引き籠《こも》るから、成長しないのよ！　間違ったことをガンガンに責められて反省するからこそ人は成長するのに、誰にも責められないからいつも変な妄想で自分を慰めて、間違った解釈で、さらに道を外れていくんだわ！」

「まあなー。だがそれはクシュリア様の教育のせいでもあるし、俺たちももう少しキャベンディッシュに関わってやれば、あんな偏屈な片寄った考えにはならなかったんじゃないかと、今なら思うよ」

「そうね、もう少し無理矢理にでも関わってやればよかったかもしれないわね。でもだからと言って、間違いを繰り返すのは愚かなことだわ！　ハイン、あなたも注意なさいね！　今は、良識的で真面目で誠実だけど、変な令嬢に引っかかったら、途端に道を踏み外すかもよ？」

クレモアナ姫様がちょっと意地悪そうな顔で、アールスハインを覗《のぞ》き込むけど、

「大丈夫です。私には間違いを諌《いさ》めてくれる友人も、家族もいますから」

「そ、そうね！　ハインが間違った道に行きそうになったら、力の限り止めてあげますわ！」

朗《ほが》らかに言えば、その言葉に照れたのか、クレモアナ姫様が、

「それなら俺もぜひ参加しよう！」

「…………なんでみんなして力業で止める前提なんですか！　まずは説得というか、話し合いましょうよ！」

「だってキャベンディッシュは全く話を聞かなかったじゃないの？」

「一緒にされるのもどうかと思います」

「まあそうね。その時は、とりあえず話してみて、話が通じそうなら説得してみるわ！」

「本当に、頼みますよ？　いきなり鉄拳制裁とかは止めてくださいね！　特にグリード兄上！」

「ハハハハ！　変な女に引っかからなければ、なんの問題もないだろう！」

話の間中ずっとサイレントに爆笑してたシェルに、双子王子が意味もなく釣られて、そこに

イングリードの笑い声も加わったので、全員が笑いだした。

深刻な顔で黙り込んでいた王様も話を聞いているうちに、表情が穏やかになり、最後には笑いだしたので大丈夫だろう。

◆◇◆◇◆

おはようございます。

今日の天気は快晴です。

朝からなぜか、侍従さんやメイドさんがバタバタしています。

不思議に思って見ていたら、クレモアナ姫様とイングリードの合同婚約式のために、多くの来客に備えるためなんだって。

外国からの賓客なんかも来るので、お城中を掃除する勢いだそうです。

すごく広いのに大変！

その手伝いのために、魔法庁職員も騎士団も駆り出されてて、訓練ができないことをイングリードがブツブツ言ってた。

主役！　もっといろいろやることあるだろ！

と思ったら、クレモアナ姫様がイングリードを引き摺るように連れてった。強い！

訓練も仕事も婚約式関係しかない今、アールスハインは暇なので双子王子の子守りを押し付けられた。

王妃様も忙しいしね。

婚約式は、夏休みの終わり頃に行われるらしい。

その1年後に、お互いに不都合がなければ結婚式が行われる。

婚約期間は1年以上5年以内と決まってるらしく、生まれた時から婚約関係なんてのはないんだって。

昔はそれでかなり問題が多くあったそうです。

今は、婚約中の浮気は浮気した方がかなり高額な慰謝料を払わなくてはいけないので、滅多《めった》に起こらなくなったらしい。

その前に、婚約すると教会で誓約書を交わすんだけど、その誓約書にはお互いの資産額も書かれてて、それが本当かどうかも審査され、さらに資産額が違いすぎると、お互いに了解していることを同意書として書かされるらしい。

同意したうえで資産額の少ない相手が浮気をした場合、慰謝料が払えなくても同意書を書いた以上は、文句が言えなくなることもあるんだって。

詐欺《さぎ》には要注意ですな！

この国は長く続く平和のお陰で、身分差にそれほど厳しくなく、自由恋愛も多いんだとか。

一夫多妻とか一妻多夫とか、同性婚なんかも認められてるらしい。

ただし結婚には厳しい審査があって、例えば一夫多妻ならば、先に結婚した奥さんの同意がないと、新しい奥さんをもらえないとか。

だから、一夫多妻などの複数人結婚の場合、1人目は女の奥さんで、その次に男の奥さんが複数とかもありなんだって。

逆もあって、1人目が男の夫で、次からは女の夫とか。

もらう側の身分によって、夫になったり妻になったりする。複雑！

しかも全員を平等に扱わないと、不当に扱われた方がすぐに離婚の審査依頼を出して、認められると他の伴侶の財産も含めた全財産の半分を慰謝料として払わないといけなくなるらしい。

なにそれ、コワッ！

なのでこの国の離婚率はかなり低く、夫婦は割と円満らしいよ？

少なくとも表面上はね！

イングリードとイライザ嬢は、もちろん王族で騎士団として働いているイングリードの方がかなり資産額が多いので、同意書が必要になるんだって。

クレモアナ姫様の場合は、相手が外国人だから、またちょっと違うらしいけど、そこまでは聞かなくてもいいや！

それにしても、ハーレムも逆ハーレムも作りたい放題な結婚制度ですな！

多くの伴侶をもらう側は、それだけの資産が必要だけどね！

前世も今世も俺には縁がなさそうな話だ。

午前中は双子王子も勉強の時間に充てられているが、まだ5歳の双子王子は字を習っているところ。

絵本を朗読する姿は癒やされる！

隣でアールスハインと助も、学園の課題を片付けてるし、暇な俺は本を読んでるんだけど、魔道具の本を読んでたら、双子王子の担当教師にぎょっとした目で見られた。

双子王子は、俺が字ばっかりの本をスラスラ読んでるのが納得いかないのか、俺にも字を書けって言ったり、絵本を読んでみろって言ったりで、ちょっとうるさかった。

令嬢並みに綺麗な文字を書き、呂律《ろれつ》は怪しいものの、絵本もつっかえずに読みきったことで黙らせたけどね！

お昼も双子王子と食べて、午後はひたすら庭を駆け回る鬼ごっこだった。

双子王子に限らず、子供の運動能力って甘く見ちゃダメだよね！

おやつの時間には、アールスハインと助の方がバテた顔をしてた。

俺は飛んでたので平気です！

おやつを食べたら、スイッチが切れたみたいにパタンと寝た双子王子。

なぜか両手を双子王子に掴まれたままなので、俺もそのまま昼寝した。

夕食にはまだ早い時間に起きたので、ソラとハクとに巨大化してもらって、ワチャワチャと遊んで暇を潰《つぶ》してから、晩餐室へ。

大人組はみんなして疲れた顔をしてた。

キャベンディッシュは今日もいないけど、あんなことがあったので部屋にほぼ軟禁状態で、貴族のあり方とかマナーとか法律とかを一から叩き込まれているらしい。

夏休み中に一定の基準に達しないと、学園に戻ることもできなくなるそうです。

自業自得としか言いようがないね！

お疲れの大人組が癒やしを求めたのか、双子王子を代わる代わる抱っこしてはチュッチュしてる。ついでに俺もされそうになったけど、王様のチュッチュはいらぬ！

王妃様とクレモアナ姫様のチュッチュは受けましたよ！　男の子だからね！

王様を拒否る俺に、シェルが部屋の隅でサイレントに爆笑してたのは知ってるぞ！

そんな平和で騒がしい日々が1週間ほど続き、アールスハインも助も課題を終わらせたところで、ディーグリーに誘われて久々に街に出てきた。

何か用事があったわけではなく、家にいると手伝わされるのでアールスハインを言い訳にしたっぽい。

手伝いが嫌なわけではないけど、勝手にお店の店長にされそうになったり、目利きを鍛えるためにと1日中倉庫で仕分けをさせられるのにはうんざりしたそうです。

ユーグラムはまだ見習い神官にもなっていないので、教会の仕事は手伝えず、孤児院の手伝いをしていたそうな。

最初は無表情だけどとても美人なユーグラムを女の子たちが遠目に眺めていただけだったのが、年長の生意気な女の子がユーグラムを誘惑（？）しようと近づいてきたことから、ワラワラと他の子たちも近づいてきたらしい。

それを面白く思わなかった男の子に因縁を付けられ、軽くいなすと、キラッキラした目で見てきて、普通に接することができるようになったそうな。

そんな話を、無表情なのに周りに花を咲かせながら話すユーグラムは、シェルのツボを連打したようで、ずっとサイレントに爆笑してた。

街をブラブラ歩き、魔道具屋さんもいくつか見たけど特に新しい呪いの魔道具は見つからず、肉屋に寄るとルルーさんがいた。

「あれ～、ルルーさんだ～。お久しぶりで～す！」

「おう、お前ら！　久しぶり！」

「ルルーさんは、肉の納品ですか～？」

「いや、今日は買い物。スラムのガキどもにたまには肉でも食わせてやろうかと思ってな！」

「へ～、そんなこともしてるんだ～！　すごいね！　スラムではルルーさんは英雄扱いじゃない？」

「そんな大袈裟《おおげさ》なもんじゃねーよ！　この街のスラムは比較的安全だし、選ばなければ仕事もあるし、頭使って働けば出世だってできる。だから俺はまだ働けないガキや、病気になりそうなガリガリのガキに、たまに栄養あるもんを食わせてやるだけで済んでる」

「それでもすごいよ～！　スラム出身の冒険者は稼げるようになると、途端に金遣いが荒くなって身を滅ぼすって話はよく聞くし～」

「あー、奴らは自分で稼いだ金をどうすればいいか分かんねーんだよ。急に入ってきた金額に驚いて、親しくなった冒険者に意見を聞くと、だいたい娼館を紹介されてスッカラカンにされるまで通い詰めるのがほとんどだな。あとは騙し取られたりな」

「注意とかはしないの～？」

「一回手ひどく騙されれば二度と失敗しない奴がたいがいだから、よっぽどひどい詐欺にでもあわなければ、ほぼ放置してるな！」

「なるほど～。経験に勝る教訓はなし、だね！」

「まあ、そういうこった！」

ハハハハ！　と笑うルルーさんの顔はとても明るい。

肉屋の店長が出した巨大な肉塊を肩に担《かつ》ぎ、じゃーなーとボードに乗って去っていくルルーさん。

「だいぶボードにも慣れたみたいだね～」

と、皆で見送った。

肉屋の店長にも挨拶して、そのままブラブラ。

お昼近くなったので、そこそこ良さ気なレストランに入って昼食。

このレストランは、ガジルさんの肉屋から肉を仕入れているので、俺でも食える肉料理があります！

今日の日替わりメニューの猪魔物の赤ワイン煮込みを頼んで、パンは店員さんに確認してから、こっそりマジックバッグから出した物を食べた。

お店の料理長さんが、「俺のパンじゃ不満か？」って言ってきたので、１個食べさせたら敗北感に打ちひしがれたあとに、グワッとやる気になった。

その振り幅には驚くばかり。

一応、ディーグリーの商会でパンのレシピが売ってるよ、って教えといた。次に来る時には、柔らかいパンがあるといいね！

午後は街の外に出て思いっきりボードで飛びたいってディーグリーの希望で、まずは着替え。

街の外はいつ魔物が襲ってきても不思議ではないので、丈夫な服に着替えないとね。

お店の部屋を借りるのも面倒なので、その辺の路地裏で着替えちゃおう！　となりました。

バリア張れば見えないし、たとえ見えても野郎ばかりだからね。

路地裏は薄暗くはあるけどゴミが散乱するなんてこともなく、特に不都合もないのでそのまま着替え。

認識阻害のバリア内で着替えていると、何やら路地の奥でガンガン音がしている。

さっさとシェルに着替えさせてもらった俺は、音の元が気になって路地の奥を覗いてみた。

そこには壁を蹴りつける元女神の姿が。

「もう！　もう！　なんなのよ！　なんでシナリオ通りに進まないのよ！　魔道具は見つからないし、精霊がいる場所まではやたら遠いし、キャベンディッシュには連絡つかないし！　もう！　これじゃあバッドエンドまっしぐらじゃない！　ヒロインなのに、誰とも結ばれないなんてあり得ない！　あんたたちももっとちゃんと働きなさいよ！」

壁を蹴りながら喚《わめ》き、自分の周りに向かって怒鳴る姿は正気を疑う。

だがその言葉に答えたのは、ボンヤリと姿が透《す》けてる10センチもない存在。

『そう申されても、具体的な命令をされねば、何をどうしてよいやら』

「だから、精神操作系の魔道具を探しなさいよ！　あとは攻略対象を私の前に連れてきなさい！」

『それはできませぬ。今、あなたの側を離れれば、魔力のないあなたはあの学園で魔力酔いを起こし死に至りましょう』

「そんなことは分かってるわよ！　だから、５匹もいるんだから残り３匹でなんとかすればいいでしょ！　２匹いれば魔力を防ぐことくらいできるでしょ！」

『それは無理と言うもの。あなたからの魔力の供給もなくなっております。そのうえで力を乱用すれば、我々は消えてなくなります』

「だから！　魔道具が見つかれば、それを使って操った人間から魔力を与えられるって言ってんでしょ！　それまでは自分たちの魔力でなんとかしなさいよ！」

ボンヤリと見えるのが、元女神に力を貸す元部下の精霊ならば、力はだいぶ弱そうだ。

前に森で会った大精霊は半透明ではあったけど、存在感がもっとハッキリあった。

大きさも、自称大精霊の世界樹の実泥棒より小さいし。

元女神の無茶振りに、力を消費しすぎて縮んだのかも。

「そもそも魔王はどこ行ったのよ！　まだ大して力もないくせに、どうやって檻から逃げ出したのよ！　なんであんたたち、誰も見張ってないの！　これだけ誰ともフラグ立ってないと、もうハーレムエンドは絶望的なんだから、せめて魔王を倒して聖女エンドでも狙わないと、身の破滅よ！　このままだと平民として一生を過ごさないといけなくなるでしょ！　私は女神なのよ！　そんなの許されないでしょ！　さっさとあんたたちは魔王を探しに行きなさいよ！」

最後にガンッと壁を蹴ってから、元女神は俺たちのいる場所とは反対方向へ去っていった。

元女神がいた場所を見れば、ボンヤリと輪郭を滲《にじ》ませた精霊が３体。

『探せと言っても、気配もないものをどうやって探せと言うのか？』

『それでもお付きの２体に比べれば、魔王捜索の方が魔力は使うまい』

『どうせ学園とやらを出るのなら、森にでも行けばよいものを。さすれば我々もいくらかは魔力を取り戻せように』

『お力を失ってからは、どこに魔力が満ちているのかも感じられぬのだろう。天界では常に神気に満ちたところにいたからな』

『だが、それでも以前と同じように、我々の力を使おうとされておる。我々の力が地上に落とされた時の半分も失くなっていることも分かっておられぬ様子』

『このままでは我々はじき消えるだろう』

『それもまた、女神様の意思なのかもしれぬ』

「れもー、もーめぎゃみららくて、ただにょにんげーんにゃったんだから、ちたがうりゆーにゃいよね？（でも、もう女神じゃなくて、ただの人間になったんだから、従う理由ないよね？）」

『だが我々は、長の年月女神様から魔力を与えられていた。その恩には報いなければ』

「しょーやってわりゅいことにー、ちかりゃかちてたんだー？（そうやって悪いことに、力貸してたんだ？）」

『善悪は女神様が決められること』

「しょんで、あくらったからー、えりゃいかみたまに、にんげーんにおとしゃれたんれしょー？（そんで、悪だったから、偉い神様に、人間に落とされたんでしょ？）」

『…………確かに。我々の力を悪用されたということか？』

『それならば、我々はもう女神様の言葉に従う必要はないということか？』

『だが、恩はどうなる？』

「しょもしょもおんてー、にゃんの？（そもそも恩て、なんの？）」

『女神様の命令に忠実に従ったからこそ、我々は下級神にまでなれたのだ！』

「れも、いましぇーれーだん（でも、今精霊じゃん）」

『……………それでは、我々はこれ以上女神様に仕えなくていいのか？』

「にゃんでー、じびゅんよりよわーやちゅに、ちたがうの？（なんで、自分より弱い奴に、従うの？）」

『恩は恩ではなく、悪に利用されていただけならば、従う必要はないな？』

『『確かに！』』

「しょれにー、めぎゃみーは、まえとおんにゃじこと、ちよーとちてるけど、あたりゃちぃかみたまにみちゅかったら、こんどはー、にゃににしゃれんだろーね？（それに、女神は前と同じことしようとしてるけど、新しい神様に見つかったら、今度は、何にされるんだろうね？）」

『……………！　この精霊以下に落とされることもあるかもしれぬと？』

『『それはまずい！』』

『今よりも力弱き存在に落とされては、存在も危うくなるではないか！』

『『それはまずい！』』

『ならば、どうする？』

『女神様を元の地位に戻せばよい！』

『だが、今おられるのは、女神様よりも上位の神ぞ!?』

『ならば、どうすれば⁉』

「めぎゃみーから、はにゃれれば？（女神から、離れれば？）」

『！　そうか！　女神様が罪を重ねようとされるのならば、力を貸さなければよいのか！』

『『そうか！』』

『これ以上罪を重ねる女神様には従わぬ！』

『『従わぬ！』』

やっと従わない方向に誘導できてほっとしてたら、目の前の３体がこっちを見てる気配。

『時にそなたはなんだ？　精霊の我々よりも遥かに力が強いが』

「にゃんでもいーだん」

『まあ、こちらに不都合な存在ではないようだし、構わぬか？』

『ああ、構わぬ。そのような些末事よりも、我々のこれからのことの方が重要だ！』

『左様《さよう》左様。女神様のために使った力を補わなければ！　このままでは、下級精霊と侮られる！』

『『それは許せん！』』

『ならば、どうする？』

『まずは力ある場所で休まねば！　ここは人間が多すぎる！　魔物もおらぬ聖域に行かねば！』

『だが聖域までは遠い！』

『ならば、まずは森にて力の回復に努めよう！』

『『おう！』』

話はまとまったのか、フワッと存在を消していなくなった3体。

せめて仲間だろう、元女神に付いている2体にも知らせてやればいいものを、そんな様子もなく街の外へまっしぐらに行ってしまった。

精霊3体の去ったであろう方向をボンヤリ見てたら、アールスハインに頭をポンポンされた。

「とりあえず、元女神の直接使える力を削《そ》いだな。あとは、話に出ていた魔王の捜索をしよう。元女神よりも先に捕獲するなり倒すなりできれば、もう元女神の企みは潰《つい》えたも同然だ」

皆もこっそり話を聞いてたようで、魔王の捜索をするそうです。

元女神の様子では、魔王捜索は精霊に丸投げっぽかったので、先を越される心配はないだろうけど、魔王がどんな姿で、どんな存在かも分からないので、探すのは困難だろう。

ボードに乗って、街の上空から魔王を探している。

魔王ってくらいだから、何か邪悪な気配とか？　魔物的な黒い靄《もや》とか出てるのかと思ったけど、そんなのは見つからないし、魔力の強い気配を辿れば、冒険者だったり、学園の生徒だったり、非番の騎士だったり、たまに普通の主婦だったり。

逃げている様子から路地裏の方かと探したが、スリとか、酔っぱらいとか、チンピラとか。

明らかに魔王とは違うだろう小物ばかり。

たまに女の人を連れ込んでいかがわしい行為に及んでいるのも見かけたり。

たまに兵士に通報しながら街を飛び回ったけど、特に異常もなく。

一旦休憩を入れるためにカフェに入った。

適当に目についた近くのカフェは、お客さんの注文した品を見ると、やたらデザートがデカかった。

パフェがバケツサイズってどうなの？

それを嬉々《きき》として食べる、華奢《きゃしゃ》でほっそりしたお嬢さん。それ、食べきれるの？

すごく幸せそうだからいいけど。

思わずガン見してたら、ゴリゴリマッチョな店員さんが注文を取りに来た。

下町と言われるこの辺のカフェでは、俺の食えるデザートはほぼ果物だけなので、果物の盛り合わせを頼み、他の皆は2人で1つずつデザートを頼んでた。

シェルは俺の残りを食べてくれるそうです。

しばらく待って運ばれてきたのは、予想通り巨大デザート。

かなりの重量がありそう。

ゴリゴリマッチョな店員さんの腕が、力が入ってプリッとしてるからね！

そりゃ普通のお姉さんじゃ店員になれないわ！　と妙に納得しました。

目の前に並べられたデザート。

アールスハインが頼んだアップルパイも、ユーグラムの頼んだベリーのタルトも、どちらも1人分なのに、30センチを超えるワンホール。

しかも厚みも10センチを超えてる。

お持ち帰りして家族で食べても余ると思う。

俺が頼んだフルーツ盛り合わせも、洗面器サイズだし。

見たこともない果物もあったので、ちょいちょいつまんでお腹いっぱい。

全然減ってないけど！

皆は注文した物を、ガリッボリッゴリッと食べている。

音だけ聞いてると、骨でも食ってんのか？　と思うけど、食ってんのはデザート。

ふと見たら、離れた席では先ほど見た華奢でほっそりしたお嬢さんが、バケツサイズのパフェを完食してるところだった！

あのほっそりしたウエストのどこに入ったんだろう？　疑問は尽きない。

皆の方に目を向けると、シェルの皿にアップルパイとベリーのタルトが載っていた。

皆、固さは平気だけど、甘さにやられた様子。

俺の残した果物で中和させようとしてるけど、なかなか上手く誤魔化《ごまか》せずに苦戦してる。

しまいにディグリーがポテトを頼んで、塩気と甘味を交互に食べ出した。

皆、育ちが良すぎて、出されたものは完食しないとって使命感みたいのがあるらしいよ？

出されたポテトは、デザートじゃないのにかなりの量でした！

これは俺も食えたけどね！

久々のポテトうまうま！

じゃが芋だけじゃなく芋料理は庶民向けなんで、お城では滅多に出ないからね！

最後ちょっと胸焼けしそうな顔で完食した皆でお店を出たところ、早足で歩くルルーさんを発見！

「あれ、ルルーさ〜ん！」

ディーグリーが呼びかければ、

「おお！　ちょうどよかった！　助けてくれ！」

と駆け寄ってきたルルーさん。

何やら慌てている様子。

「何かあったんですか～？」

「悪いが治療を頼む！　料金は俺が必ず払うから！」

ルルーさんは教会関係者のユーグラムを見て言ったが、皆が俺を見るので、

「けがちたの？」

「いや、原因は分かんねーんだけど、最近スラムに流れて来たガキが突然倒れて、すげぇ苦しんでんだけど、触れねーんだ！　だから呪いかなんかだと思ってよ、教会の神官を呼びに行こうとしてたんだよ！　ユーグは解呪とかできねーかな？　学生だから無理か？　なら教会に行くか！」

「かいじゅーでちるよ？　ガキどこ？（解呪できるよ？　ガキどこ？」

「おおう、ケータ様は解呪までできんのかよ！　まぁいいや、ガキはこっちだ！」

そう言って背中に括《くく》り着けたボードを下ろし、飛んでいくルルーさん。

あとを追っていくと、煤《すす》けて崩れかけた建物の並ぶ場所に着いた。

建物の陰から、転がるように出てきたアンネローゼと同じくらいの年頃の子供が、

「ルルーにーちゃん！　あいつ、なんか肌の色が変わってきて！　ずっと苦しんだままなんだ！　助けてよ！」

「ああ、分かってる！　大丈夫だ！」

子供の頭を乱暴にかき混ぜて、建物の中に入っていった。

ところどころ崩れかけてるのを避けながら進むと、六畳くらいの部屋にボロボロの布を敷いただけの、ほぼ床に寝かされている少年。

肌の色は褐色で、指先からさらに黒く染まっていってる様子。

バリアなのか、一定の距離から近づけない。

その中で痛みに堪《た》えるようにもがく少年。

「にゃるほど、こりぇがまおーか！（なるほど、これが魔王か！）」

「は？　ケータまじか!?」

「うっそ、探してた？」

「たびゅんねー、にょりょいとー、まーどーぎゅとー、にゃんかほかので、まおーしゃれてんね（たぶんね、呪いと魔道具と、なんか他ので、魔王にされてんね」

「解けるのか？」

「たびゅんねー、まだしとのぶーぶんおーいかりゃ！（たぶんね、まだ人の部分が多いから）」

「おい、こいつ助かるか？」

ルルーさんが声をひそめて確認してくるのに、

「だーじょぶよ、このガキーちゅよいこらから！　まほーちゅかうから、みんなーしょとでてー（大丈夫、このガキ強い子だから！　魔法使うから、みんな外出て）」

そう言えば、多少ごねた少年もルルーさんに引っ張られて部屋から出された。

入口から覗いてはいるけどね。

魔王な少年の張ったバリアをバンバン叩き、

「まおーくんまおーくん、ばりあーといてー、いまらら、たしゅけらりるからー！（魔王君、魔王君、バリア解いて、今なら助けられるから！）」

ちょっと魔力を込めて叩けば、俺の存在に気付いた魔王な少年が、うっすらと目を開けてこっちを見てきた。

アピールするために手を振ったけど、シカトされました！

「しょらやっちゃって！（ソラやっちゃって）」

俺のお願いに、巨大化したソラが鋭い爪をシャキンと一振りしただけで、呆気《あっけ》なくバリアが破れたので、魔王な少年を包むようにバリアを張って中を聖魔法と綺麗な水で満たしてやった。

ガボガボと溺れる魔王な少年。

なぜかバチバチと放電するように、魔王な少年の肌がスパークしてる。

ガボガボしてたのが収まって、グッタリしてる魔王な少年をバリアを解いてさらに別のバリアで包む。

聖魔法の溶けた綺麗な水をたらふく飲まされた魔王な少年は、ゲーゲー言いながら大量の黒い水を吐き、バチバチスパークしてた肌も、元の褐色に戻った。

でもまだです！

背中の辺りから、まだなんか黒い靄が出てるし。

背中側に回って、靄の出てる場所を見てみると、魔石っぽい物が埋まってた。

とても痛そう！

手に聖魔法を手袋みたいに纏《まと》わせて、背中に埋まってる魔石っぽい物を掴み、引っ張る。

バチバチとスパークして魔王な少年が痛みに喚くが、ハクが触手で押さえててくれるので、構わず引っ張ります！

なかなか抜けないで苦労していると、ソラが俺の胴体に尻尾を回し、俺の体ごと引っ張った。

ドゥリュリュリュー｜｜｜｜！　と抜けたのは、今までに見たこともない量の呪いの塊。

咄嗟にバリアで一まとめにしたけど、これはどうしよう？

とりあえず動かないようにハクに押さえてもらっといて、魔王な少年の背中の状態を調べる。

魔石の埋まってた場所から血が流れ、深い傷になっていたので、すぐに治癒魔法で治していく。

ゼイゼイと肩で息する魔王な少年。

痛みが徐々に薄れていくのを、不思議そうに振り返った。

治癒魔法も終了したのでバリアを解いて解放すると、座り込んだままキョトンとこっちを見てくる。

「おしおし、ちゅよかったじょー！　のーりょいに、まけにゃくて、えりゃかった！　よくがーばった！　かっちょいーじょー！（よしよし、強かったぞー！　呪いに負けなくて、偉かった！　よく頑張った！　カッコいいぞー！）」

爪先立って両手で頭をワシワシ撫でてやると、魔王な少年の目にジワッと涙が盛り上がりタラタラと流れ出した。

「も、もう、痛くない？」

「もーいたくにゃい！（もー痛くない）」

「もう、苦しくならない？」

「もーくりゅしーない！（もー苦しくない！）」

「もう、閉じ込められない？　檻に入れられない？」

「もーらいじょーぶ！」

俺と魔王な少年のやり取りを見て、無事助かったことを確認したルルーさんが、魔王な少年の頭をガシガシ乱暴にかき混ぜて、

「よかった！　無事に乗り越えたな！　すげぇぞ！　よく耐えた！」

ルルーさんの言葉で、やっと自分が助かったのを自覚できたのか、

「うう、うわーーーー!!」

と号泣し出した。

スラムの少年も他の子供たちを呼んできて、皆で団子になって泣き出したり、喜んだりした。

俺は子供たちが来た時点で、部屋の端に避けたよ。

で、この呪いの塊はどうします？

アールスハインたちが近づいてきて、呪いの塊を繁々《しげしげ》と眺めている。

「こりぇ、どーしゅりゅ？（これ、どうする？）」

「本人に返したいところだが、今奴は学園にいるだろう。そうなると、近くにいる生徒に被害が行かないとも限らない。今すぐに返すことはできないな」

「学園から離れて、単独行動をとっている時を狙うのは難しいですね」

「でも、絶対に本人に返してやりたいね！」

「ああ、自分のしたことが、どれだけの苦しみを他人に与えたかを、思い知らせてやらなければな！」

「んじゃー、ちまっとくね！（んじゃー、しまっとくね！）」

バリアにくるんだ呪いの塊をギリギリまで小さくして、マジックバッグにポイッとね！

呆れた目で見てくるアールスハインたちに、にへっと笑って、

「るるーしゃんばいばーい」

一応挨拶してから外へ出たよ。

「おいおい、軽い挨拶一つで出ていくなよ！　ガキどもに礼の一つも言わせろよ！　あと料金はいくらだ？」

「りょーきんーは、いーよ」

「いや、それはダメだろ！　あんなすげぇことしてもらってタダはダメだ！　大丈夫だ、俺はそれなりに稼いでいるからな！」

「……………先ほどの解呪を教会に依頼したとすれば、必ず成功させようとすると、教皇を連れてこなければ無理な解呪でしたよ？　その場合、料金は下級貴族の屋敷が軽く買える金額になりますが？」

「はあ？　そんな大変な解呪だったのかよ!?　貴族の屋敷が買える金額って！　なんとか分割で勘弁してくれ」

ユーグラムの説明に、ダラダラ汗を流しながら頭を下げるルルーさん。

「りょーきーんは、いーよ。また、にきゅがりちゅきあってーくりぇりぇばー（料金はいいよ。

また、肉狩り付き合ってくれれば）」

「ケータもそう言っているので、料金は本当に大丈夫ですよ。それにこちらにも事情があって、あの少年を解呪する必要もありましたし」

「いや、だが………」

「ま～い～じゃないですか～。気になるなら、あの少年をしばらく預かってくださいよ！　ちょっと落ち着いたら、呪われた事情とかを聞きたいんで！」

「あのガキに何かあるのか？」

「うん。でも今ここの子たちと引き離すのは、可哀想だし、混乱もしてるだろうから、２、３日したら話を聞きに来ますんで～」

「………………分かった。あのガキに危険はないんだよな？」

「むしろ俺たちは守る側だから～」

「あのガキの素性を知ってるってことか？」

「それは知らないけど、あの子を呪った犯人には心当たりがあるかな～？」

「どこのどいつだ!?」

「それはまだ話せないんだよ～。でも必ず、あの子が受けた以上の報復はするから、安心して～」

「…………分かった。あのガキは俺がしばらく預かっておく。危険な真似はさせない！」

ルルーさんは怒りを鎮《しず》めて、魔王な少年の保護を請け負ってくれた。

そのうち、ちゃんと事情を話さないといけないけど、今はまずお城に帰って報告することが大切！　そのうえで対策も考えないとね！

お城に戻り、王様に面会の申し込みをして指定された部屋で待っていると、バンッとドアを叩き開けるように、将軍さん、イングリード、宰相さん、王様が入ってきた。

将軍さんが、早速とばかりに、

「魔王を発見したって？」

「いえ、厳密には魔王になる前の状態の少年を発見しました」

「で？　どこにいる？」

「信頼できる方に預かってもらってます」

「なぜ連れてこない？」

「まずは順を追って説明します」

全員が座り聞く態勢になったので、路地裏で元女神を見つけたので様子を窺《うかが》っていたら、魔王の話が出たこと。

その後、元女神に付いていた精霊を説得して、元女神から解放したこと、話に出ていた魔王を探していたら、知り合いの冒険者に助けを求められ、着いた先にいたのが魔王と思われる少年だったこと。

呪いに苦しんでいたのを俺が解呪したこと。

少年を落ち着かせるためにも、2、3日後に再び訪問する約束をして、信頼できる冒険者に預けてきたこと。

以上を話すと、沈痛な面持ちで黙り込む面々。

「奴は、本当に魔王を造っていたのだな？」

「ええ、そのようです。ケータの話では、呪いと魔道具と、その他にもなんらかの方法で魔王を造ろうとしていたようです」

「その魔王にされようとしていた少年は無事なんだな？」

「はい、今のところは。少年が落ち着いた頃に、もう一度様子を見に行く予定です」

「今どこにいる？」

「スラムです」

「それは安全なのか？」

「保護を頼んだのは、Aランク冒険者のルルー殿です」

「ああ、奴か。なら安心か」

「ルルーという冒険者を知っているのか？」

宰相さんの問いに将軍が、

「ああ、以前遠征中にかち合ったことがある。礼儀はなっちゃいなかったが、いい奴だったよ」

「そうか、しかしスラムか…………」

「彼は多くの子供たちに囲まれておりますし、何より元女神が学園の寮にいる以上、貴族街にいる方が危険は多いかと考えました」

「なるほど。だが一度は城に呼んで話を聞かねばならん」

「その時はルルー殿に同行を願おうかと思っております」

「そうだな。魔王にと見出された以上、何がしかの特異な能力があるのやもしれぬ。無駄に怯《おび》えさせることもないだろう」

「ええ、彼はまだアンネローゼと同じ年頃の子供です。しかも元女神によって、檻に閉じ込められていた様子。こちらが強制などすれば、怯えて何も話せないでしょう」

「檻に……？　元女神とは、人間をなんだと思っているのか！」

ガンと机を叩く将軍さんの肩を宰相さんが、宥《なだ》めるように叩く。

「少年から回収した呪いの塊は、ケータがマジックバッグに保管しております。折を見て持ち主に返そうかと考えております」

それを聞いた大人組が、それはそれはい～い笑顔でニヤリと笑った。

一応テイルスミヤ長官に呪いの塊を確認してもらってから、チャンスがあれば呪い返しを行っていいとの許可も出て、影と呼ばれる隠密さんに元女神を見張らせることにもなった。

「しかし、あと2体の精霊が奴には付いているんだろう？　それもなんとかできればいいが」

「先に解放された3体が、残りの2体を誘うなりしてくれれば助かるがな」

「その可能性はないのか？」

「分かりません。ですが、このまま元女神に力を貸し続ければ、いずれ力を使い果たし消えて失くなると言っていました」

「元女神は、全く魔力を持たないのだったか？」

「そのようです。精霊の力を自分の力のように装って、学園に入ってきたようですから」

「だが今、学園を出されるのはまずいな。自棄になって何をやらかすか分かりゃしねー」

「ですが学園にいる時に、呪いを返すわけにはいきません。周りにどんな被害が出るかも分からないので」

「学園の前期は演習中心だろう、その時にでもチャンスはないもんか？」

「我々はダンジョンでの演習希望を既に出してしまったので、今さら変えられるかどうか？」

ふう、と王様が息を吐いたのに、全員の注目が集まる。

「そう焦る必要はないだろう。何より魔王はこちらの手の内にある。魔力のない女1人、なんとでもなる」

「フフ、そうですな。元とは言え、女神だからと大袈裟に恐れすぎたやもしれません」

「まぁ、そうだな！　いざとなれば、ぶっ潰せばいいだけだ！」

「それは考えがなさすぎだ！」

将軍さんと宰相さんのいつものやり取りに場が和《なご》んだところで、この場は終了。

2日後に魔王な少年の体調を見て、お城に連れてくる約束をして解散になった。

その後、テイルスミヤ長官を訪ね、事情を話して、呪いの塊を確認してもらう。

あまりに大量の呪いの塊に最初は言葉も出なかったが、バリア越しに蠢くウニョウニョが意思あるもののようにバリアを動かそうとするのに、その中心に魔石らしき物があるのに興味を引かれたのか、熱心に観察し始めた。

「ケータ様、この中心にある魔石のような物はなんですか？」

「まおーくーの、しぇなかにー、うまっちぇた（魔王君の、背中に、埋まってた）」

「背中のどの辺りでしょう？」

「けーこーこちゅのあいだのへん（肩甲骨《けんこうこつ》の間のへん）」

「…………ケータ様の聖輝石が埋まってる辺りですか？」

「たびゅん？」

「…………これは、本当に聖輝石なのかもしれません」

「それは本当ですか！」

ヌルッと現れた怪しい男ジャンディス。

聖獣研究をしているジャンディスにしてみれば、垂涎《すいえん》の的だろう聖輝石の話が出て思わず体が反応したのか、もしくはこっそり俺を観察してたのか。

呪いの塊の入ったバリアに張り付くように観察しだした。

「ああー、呪いが邪魔でよく見えないー！　これ、呪いを解いてもらうことはできないんですかー？」

「それは無理でしょうね。呪いの核になっているのがその石ですから」

「でも聖輝石かもしれないんでしょー！　聖輝石だけでも取り出せれば、いろいろ研究できるのにー！」

「それはそうですが………」

チラッとこっちを見るテイルスミヤ長官。

「んー、こにょいちごと、にょりょいまとめちぇ、ばいがえちしょーとももったのにー（んー、この石ごと、呪いとまとめて、倍返ししようと思ったのに）」

「この呪いの塊をそのまま返されるだけで、普通の人間なら死に至りますよ！　それを倍返しとは！」

「もとめぎゃみーよ？　しょれくりゃいちなくちゃ！（元女神よ？　それくらいしなくちゃ！）」

「それはもちろん賛成しますが、簡単に死なれては納得いきません！」

「しょーねー。このいちで、にゃんかまーどーぎゅちゅくってやろーか？（そーねー。この石で、何か魔道具作ってやろうか？）」

「それにはまず、この石を取り出さなくてはいけませんが、できそうですか？」

「わかんにゃいけろー、やってみりゅ！」

聖魔法を手袋にしてズムムとバリアに手を突っ込み、魔石らしき物をわしっと掴む。

魔石らしき物を小さなバリアでくるみ、ズボッと手を抜く。

バリアに異常がないのを確認して、小さなバリアでくるまれた魔石らしき物をテイルスミヤ長官に差し出す。

ジャンディスも寄ってきて、2人で凝視している。

「バリアに遮断されて魔力の流れが見えませんが、ただの魔石ではないことは確かですね！」

「そーっすねー、でも他にも何かおかしな魔力を感じるんすけど、これなんすかねー？」

ジャンディスの言葉に、俺も近づいてよくよく見てみると、石の表面に何か文字のようなものを発見。

MA.RYO.KU.HE.N.KA.N.A.N.KO.KU.MA.RYO.KU

「まーりょきゅへんかーん、あんこーきゅまーりょく？（魔力変換、暗黒魔力？）」

「は？　ケータ様、今なんと？」

「いちにかいてりゅよ？（石に書いてあるよ？）」

石を指差せば、バリアに張り付くように凝視したあと、

「！　確かに！　書いてあります！　ということは、この石自体が魔道具の役目をしているということですか!?」

「そーれはおっそろしーですねー。この石が本当に聖輝石なら、無尽蔵に空気中の魔力を吸収して、それを暗黒魔力とやらに変換しちゃうとは！　ところで暗黒魔力って聞いたことないんですがー？」

「私も聞いたことがありません。ですが響きからも、聖魔法の正反対の性質のように感じます」

「んーでもー、その魔王にされかけた少年ってー、よく耐えられましたねー。無尽蔵に送られてくる暗黒魔力とやらをその身に受けてて、かなりな呪いも受けてたんでしょー？　普通なら精神崩壊してー、見境なく破壊行動を起こしてても不思議じゃないのにー？」

「そうですね。この呪いの量に耐えるだけでも、尋常ではない精神力と相当の魔力が必要にな

るでしょう」

「その少年ってば、よっぽど頑丈なんすねー」

「会ってみないことにはなんとも言えませんが、人間ではない可能性が大きいですね」

「それにしても、どうやって聖輝石なんて手に入れられたんすかねー？　聖獣見つけるだけで、人の一生でも足りないのにー」

「それよりも問題なのは、聖輝石は聖獣が亡くなると同時に失われると考えられていましたが、ここに存在する、ということは…………」

「…………聖獣を殺して奪った可能性が大っすねー。すげー罰当たり！」

「元女神であることを考えれば、配下の聖獣がいてもおかしくはないですが。それに、聖輝石自体に魔法陣を刻めるだけの技術があることにも驚きます」

「魔力なしの元女神にできる芸当じゃーないっすね！」

「配下の精霊に命じても、聖輝石に文字や図形を書くには、物理的な力もなければ不可能ですし、精霊ほどの魔力がなければ文字や図形として定着させることもできませんし」

「何か他に特殊な方法でもあるんすかねー？　もしくは、それを可能にする配下がいるとかー？」

「そうですね、どちらにしても厄介なことに違いありません。しばらくは様子を見るしかありませんね。影の方たちには、他にも配下がいないかの確認も合わせてお願いしなければ！」

「んー、それで、この聖輝石は魔力変換の魔道具だったわけっすけどー、これは研究用として預けてもらえるんすかー？」

「ああ、そうでした！　ケータ様、よろしいですか？」

「どーじょー、れものりょいは、もとめぎゃみーにかえしゅよ？（どーぞー、でも呪いは、元女神に返すよ？）」

「もしできるのならば、小分けにして返すといいですよ。そうすれば、多少の耐性が身に付くので、より多くの呪いを返せます。一度に返すと間違いなく即死しますので！」

「………………やってみりゅ」

テイルスミヤ長官の忠告に従って、バリア内の呪いをバリアごと千切るように半分に。中の呪いのウニョウニョがビタンビタン暴れてるけど、構わずドンドン千切って、小さな塊に分けていく。

「こりぇくらいー？」

野球ボールくらいの大きさを見せると、

「相手は魔力なしです。アールスハイン王子が受けていた呪いの半分ほどでも、かなりの倦怠感と苦痛を味わうでしょう」

さらに小さく分けて、俺の手のひらサイズになったところでＯＫが出た。

それでも返すのは、半日に1回程度だそうです。

長くかかりそうね。

テイルスミヤ長官とジャンディスに聖輝石の魔道具を渡して、部屋をあとにした。

アールスハインが夕飯に誘ったけど、ユーグラムとディーグリーは遠慮して、というか王族の晩餐は敷居が高いからと、逃げるように帰っていった。

クレモアナ姫様と王妃様がいると、緊張しちゃうらしいよ！

王様は？　って聞いたら、慣れつつあるのが怖いって言って、シェルを笑わせてた。

2日後の魔王な少年には、一緒に会いに行くそうです。

なんだかいろいろあった1日でした。

◆◇◆◇◆

おはようございます。

今日の天気は晴れです。

昨日はいろいろあって、自覚はないけど疲れたのか、風呂の中で寝落ちしたらしい俺です。

魔王が魔王になる前に阻止できたのは、とてもラッキーだったけど、本当にあの元女神の根性がひん曲がっていることがさらに露呈した。

どうしようもない人を見ると、なんだか内臓が重くなるようなやるせなさと疲れを感じる。

被害者を目の前にするとさらにね。

あの少年のケアは大事だし、ちゃんと事情も聞かないといけないけど、少年の受けた大量の呪いを少しずつ返さないといけないのも、なんだか面倒くさいし憂鬱《ゆううつ》。

まあ、やるけどね！

少年に会いに行くのは明日なので、今日はゆっくりします。

部屋で朝食を食べ、午前中は本を読んだりゴロゴロしたり、ソラとハクをこねたりして過ごした。

皆忙しくて、お昼は双子王子と食べて、午後もまったり過ごそうとしたら、何やら外が騒がしい。

窓から外を眺めてると、アールスハインやシェルと助も気付いて一緒に様子を見だした。

裏庭に面する窓からは、騎士が数人走っていて何かを探している様子。

その騎士の中に知り合いでもいたのか、助が窓を開け声をかける。

「おーい、何探してんのー？」

「ああ、ティタクティス。アールスハイン王子も！」

軽くアールスハインに会釈してから、

「大声じゃ言えないんだが、牢に収監されてたクシュリア様が姿を消されたんだ」

「はあ？　また？」

「ああ、魔法封じの首輪も着けていたし、元王妃だからといって手加減もせずに裸にしての身体検査も行って、魔道具の類いを所持していないことも確認したのに…………これは外部に手引きした者がいるはずなんだが、既にあの方の身内は処分されている。あと残っているとしたら、キャベンディッシュ王子しかいないんだが……」

「キャベンディッシュ王子は、再教育のためにほぼ監禁されてるしな？」

「ああ、自力で逃げられる牢でもないし。とにかく、手の空いている騎士が総出で捜索に当たっている。怪しい人物を見たら知らせてくれ！」

「ああ、分かった！」

騎士はアールスハインに一礼して、捜索に戻っていった。

思案顔の助が、

「今さらあの方を逃がして、犯人に何のメリットがあるんだろう？」

「そうだな。城の牢から逃がすとなれば、相当な見返りがないと。だが、あの方の実家は取り潰しにあったし、個人の資産も押さえられている。キャベンディッシュ兄上が衝動的に、とも考えられなくもないが、騎士や見張りに気付かれずに事に及べるだけの能力があるとは思えん」

「そうですね。でも実際に逃げおおせているのは事実。なんだか不気味ですね」

「ああ」

騎士たちは、お城の外の捜索を中心に行っているので、暇な俺たちはお城の中をブラブラ歩いてみる。

それで本当に見つかるとは思ってはいなかったけど、落ち着かないのでなんとなくだ。

もし万が一、自力で牢から脱出したとしたら、助けを求めに行くかもしれないと、キャベンディッシュの部屋の方面に歩いていくと、前方にこの場にいるはずのない人物を発見。

ビラビラのリボンとレースのふんだんに使われた蛍光ピンクなドレスを着て、バッサバッサと足音高く歩く元女神。

なぜ、いる？

向かう方向はキャベンディッシュの部屋。

素早く認識阻害を発動。ドレスに慣れていないのか、バッサバッサとドレスに振り回されるように歩く元女神のあとをつける。

予想通り、着いたのはキャベンディッシュの部屋。

コココココンと忙《せわ》しなくノックをすると、キャベンディッシュの侍従だろう青年が怪訝《けげん》そうな顔でドアを開けた。

「どちら様かは存じませんが、キャベンディッシュ王子にお会いすることはできません。お帰りください」

「キャベンディッシュ王子様とお約束があります！　ちゃんと確認してください！」

「キャベンディッシュ王子は謹慎《きんしん》中の身。どなたとお約束があろうと、王の許可がない限り、会わせることはできません」

淡々と答える侍従さん。

そんな侍従さんの後ろから、ぬっと伸びた手が侍従さんの口と鼻を布で塞いだ。

抵抗しようと身じろぐが、呆気なく倒れ込む侍従さん。

その場に投げ捨てるように侍従さんを倒すキャベンディッシュ。

「ああキャベンディッシュ王子、お会いしたかった！」

目の前に倒れた侍従さんの姿など見えていないかのように、キャベンディッシュに抱きつく元女神。

キャベンディッシュも元女神を抱き締め返し、ブチューッと始める2人。

しばらくすると2人は離れ、でも肩を組み部屋の中へ。

自分でドアを閉める習慣がないのか、開けっ放しの部屋の奥に進む。

薄いグリーンの壁紙に、クリーム色の絨毯《じゅうたん》、高級な家具。

部屋自体のセンスは悪くないのに、置いてある物が原色を多用したセンスの欠片《かけら》もない、やたらギラギラ装飾過多の品物ばかりなので視界がとてもうるさい。

趣味悪っっ！

部屋の机の近くには、やっぱり倒れているたぶん教師と思われる人。

机の上には広げられたままのテキスト。

応接セットに密着して座る2人。

「キャベンディッシュ王子、今日はお招きありがとうございます！」

弾んだ声で礼を言う元女神。

さっきブチューッとしたせいで、口紅がだいぶはみ出している。

その移った口紅が、キャベンディッシュの口周りにべったり付いてて、2人してひどい顔。

なのに拭きもせず、さらにチュッチュしながら、

「ああ！　会いたかったよ、フレイル！　私はフレイルに会うことだけを楽しみに、この数日、地獄のような苦しみに耐えてきた！　もっと顔をよく見せて！」

「もう、ディッシュ王子ったら！　私、恥ずかしい！」

至近距離で見つめ合う2人。

その間もずっとサワサワと元女神の体を撫で回し、今にもいかがわしいことが始まりそうな雰囲気に、いたたまれなくなる。

貞操観念の強いこの国で、王子なのに弛すぎない？　それで一回失敗してるのに学ばないって。しかも、自作自演のいじめの告発で、謹慎になった現実は綺麗さっぱり忘れている都合のいい思考回路も理解できない。

バカなんだなーと呆れるしかない。

部屋を出ようかどうしようか悩んでいると、キャベンディッシュの部屋の暖炉がガタンと音を立てた。

ビクッと固まる2人をよそに、ガタッガタッとさらなる音を立てて、ズズズズと重いものの擦《こす》れる音。

ますます抱き合う2人。

一応キャベンディッシュはその辺に落ちてた剣を取ったが、装飾過多で、実用には全然足りなさそう。

暖炉からさらにガサガサ音がして、ぬるっと見たこともない男が出てきた。

その出《い》で立ちは冒険者のそれ。

その男は部屋を油断なく見回して、

「…………お前たち2人だけか？」

と低い声で聞き、キャベンディッシュがガクガク頷くと、倒れている教師と侍従を素早く壁際に運び、後ろ手に縛り上げ猿轡をしてから、ドアを閉めて鍵をかけた。

そして暖炉の奥に声をかける。

ガサガサ音がして、そこから新たに出てきたのは顔の半分を布で覆い隠した女。

見覚えがあるその女に、

「母上！　どうやってここへ!?」

「声を抑えなさい、キャベンディッシュ！」

自分の方がキンキンした高い声でキャベンディッシュを窘《たしな》める元王妃クシュリア。

薄汚れた服を着て化粧もしていないその姿は、最初に見た時とは違い、別人のように老けてくたびれた老婆のようだった。

「母上、どうやってここへ？　そしてこの男は何者です!?」

「ふう、この者は昔馴染みの冒険者ですわ。それよりもキャベンディッシュ、手を貸しなさい。わたくしをこの城から無事に逃がすのです！」

「ですが、今、この城は外国からの賓客を招くために普段よりも多くの騎士が常時見回りをしております！　見つからぬのは至難のわざかと！」

「お前はいつからわたくしに意見できるほど偉くなったのです？　わたくしがやれと言ったらやりなさい！」

キャベンディッシュの反論にいきり立つ元王妃。

キンキンした高い声でキャベンディッシュを叱り付ける。

「おいおい、あんまデカイ声出すんじゃねーよ。見回りの騎士に気付かれてーのか？」

呆れたように、耳をほじりながら言う男。

「そんで、王子様よ。お城なら王族専用の抜け道なんかもあるんだろう？　それをちょっと教えろよ！　そしたらさっさと逃げ出すからよ！」

「そ、それはあるが、私の知っているのはほんの一部で、城の外へ通じる道など知らぬ！　来た道を戻ればいいだろう！」

「…………つっかえねーなー。来た道は、この城の下女をたらし込んで通用口から入ったから、今は使えねぇんだよ！」

「貴様、不敬だぞ！」

「へいへい、すんませんねー。で？　その抜け道はどこに繋がってんだよ？」

「貴様になど教えるわけがないだろう！」

「キャベンディッシュ！　さっさと教えなさい！　このままでは母は、殺されてしまうのですよ！　あなたはそれでもいいと言うの⁉」

「ですが母上、母上は城を出てどうするのですか？　お祖父様の侯爵家はもうないのですよ？」

「城を出れば、わたくし付きのメイドが待機しているわ！　そしてササナスラまで行けば、お姉様がおられる！　お姉様ならば、わたくしを助けてくださるわ！」

「ですが、お祖父様の事件の時にササナスラには特使を出し、ササナスラの王族には万が一母上が助けを求めても、手助けしてはならぬと知らせが行っているはずです」

「それは本当なの⁉」

「はい、父上から直接聞きました」

「なんと忌々《いまいま》しい！」

「おいおいおい、それが本当ならササナスラに行っても報酬はなしかよ？　なら、俺はここで降りるぜ！」

「待ちなさい！　ほ、報酬は払うわ！　だから、わたくしをここから連れ出しなさい！」

「へー、どうやって払うってんだよ？」

「まだ隠し財産は残っているわ！　それでも足りなければ、わたくしの体を好きにしてもいいわ！」

「なんだよ、その報酬。逆に金もらってもいらねーわ！」

「な、な、な！　わたくしは王妃ですのよ！　そのわたくしがこれだけ譲歩してやっているというのに！」

「も、と、王妃な！　そんなくたびれたババァ抱くほど飢えてねーよ！　報酬がねーなら帰るわ！」

「ま、ま、ま、待て！　報酬なら私が払う！　この部屋の物ならなんでも持っていくがいい。だから母上を無事に逃がせ！」

「ふーん、この部屋の物ねー」

無駄にキラキラした物の散乱する部屋を見回す冒険者。

「ガラクタばっかだが、高くは売れそうだ！　で？　王子様よ、このババァをどこに逃がすんだよ？　ササナスラはダメなんだろ？」

「キャベンディッシュ、母を助けて！」

「………………ですが母上、どこかに隠れられる場所の心当たりはないのですか？」

目的地を失った親子が黙り込むと、

「それなら私が匿《かくま》って差し上げますぅ！」

事の成り行きを見ていた元女神が登場。

「誰です、そなたは?」

「初めましてお母様。私、ディッシュ王子と親しくさせていただいてる、フレイル・マーブルと申します！　よろしくお願いします！」

かわい子ぶって挨拶してるが、口周りが口紅でベタベタで、さっきまで2人でいかがわしいことしてたってバレバレの顔だ。

「下品な娘ね。あなた、趣味悪いわよ！」

「何を言うのです、母上！　フレイルは逃亡中の母上を匿ってくれると申し出てくれた、心優しい娘ではないですか！」

「いいのです、キャベンディッシュ王子。私はお母様のためではなく、キャベンディッシュ王子のために、手を貸そうと思ったのですから！」

「ああ、フレイル！　私の愛しい人！　心から愛しているよ！」

「私もです！　ディッシュ王子！」

抱き合って今にもブチューッとしそうな2人を止めたのは、心底どうでもいいような顔をした男。

「おいおい、盛り上がんのはあとでやれよ！　とにかく今は俺たちを逃がせ！」

邪魔された2人は冒険者を睨んだが、シレッと受け流す冒険者にため息をつき、

「それでフレイル、どうやってこの2人を逃がす？」

「お城の外まではなんとかディッシュ王子の知っている抜け道を使って出てください。あとは私が手配しますので！」

「わ、わ、わ、分かった！」

「それじゃあ私は今日は帰りますね！」

「ああ、母上を頼む！」

「分かってます、ディッシュ王子のお母様ですもの！」

最後にチュッとして、2人は別れた。

お互い口周りがベタベタのままで。

元女神は、あのままの顔で城を歩くんだろうか？

元女神がベタベタの顔で部屋を出ていったあとは、暖炉の抜け道に入っていった3人を見送って、王様の執務室に向かった。

侍従さんと教師は可哀想だけど、そのままで。

先にシェルがデュランさん経由で知らせてくれたので、すんなり執務室に通された。

元からいた宰相さんも交えて報告。

キャベンディッシュにも元女神にも影の人が付いているので、行き先が分からなくなる心配はない。

「それにしても、再教育はなんの成果もなかったな？」

宰相さんの呆れた声に、

「自分の息子がここまで愚かだったとは、信じたくなかった」

王様が両手で顔を覆って暗い声を出す。

「それで、元女神は男にいいところを見せるのだけが目的だろうか？」

「それはどういうことだ？　他にも目的が？」

「考えすぎかもしれんが、魔王になるはずの少年が逃げ出した以上、元女神はさらなる魔王を造り出そうとはしないだろうか？」

「…………そもそもなぜ魔王を造ろうとしているのだ？　キャベンディッシュとは既に好い仲なのだろう？　目的が見えぬ」

「狂人の考えることなど予想もできんが、もともと聖女にやらせるはずだった筋書きを、自分が取って代わろうとしているのだろう？　ならば初めにあった筋書き通りに進めないと気が済まないのやもしれん」

「最初の筋書きとは？」

「それこそ歴代の聖女様方が越えられてきた、艱難辛苦《かんなんしんく》ではないか？」

「疫病が流行り、魔王が率いる魔物の大軍勢に国が襲われることがか？」

「筋書きでは、それを命からがら協力し合い乗り越え、真実の愛で結ばれた２人が国中に祝福される、といったところかな？」

「なんだ、その胸糞悪い筋書きは？　本としても三文小説にもならん！」

「婦女子は意外とこういう話が好きだろう？　我が娘も少女の頃は頬を染めて読んでいたものだ」

「……………そう言えば、アンネローゼも読んでいた記憶があるな？　イングリードに爆笑されてから話さなくはなったが」

「ああ、幼い少女には何某《なにがし》か響くものがあるのだろう。我々には理解できんが」

「そしてそれを現実の世界に無理矢理持ち込もうとしているのが、元女神だと？」

「ああ、人の意思など関係なく、無理矢理魔王を造ろうとしたことから考えると」

「……………その次の魔王候補がクシュリアか」

「まだ決まったわけではないが」

「だが可能性はある」

「キャベンディッシュ王子の手前、クシュリア様は無事に済むかもしれん」

「捨てきれぬ可能性だ」

「警戒は十分にしておこう」

「ああ、影からの報告を待とう」

重々しい空気を払うように首を一振りした王様は、

「アールスハイン、悪いが明日は早目に少年を連れてきてくれ」

「はい。朝一で向かいます」

それで話は終わり、城の中で捜索をしていた騎士たちも解散になった。

部屋へ戻る道すがら、何気なく見た庭園に、蛍光ピンクを発見。

まだいたんだと驚いたが、元女神は誰かと揉めていた。

相手は元女神よりも幼い令嬢だが、誰か文官の娘だろうか？

かわいらしいワンピース姿の令嬢は、

「あなた、お化粧もまともにできませんの？　よくそんなみっともないお顔でお城を歩けますわね！」

腰に手を当て、ふんぞり返るように見上げる令嬢。

「はあ？　あんたみたいなガキに、化粧の何が分かるのよ？　これは今学園で一番流行ってるメイクよ！」

「そんな馬鹿みたいで、下品なお化粧が流行るわけないでしょう？　あなた、見た目だけでなく頭も悪いのね！」

見下すように言う元女神に、小さな令嬢は全く負けてなかった。

険悪に睨み合う2人に、令嬢のお付きらしい侍女がアワアワしてる。

見かねたアールスハインが仲裁に行こうとしたら、シェルが笑顔で止めて、アールスハインと助に柱の陰にいるように指示して、

「なんの騒ぎです？　お2人共、ここがどこかお忘れですか？」

と、2人の間に入っていった。

「ああ！　シェルじゃな〜い！　聞いて、私この生意気な子供に絡まれて困ってたの〜。シェル、助けて！」

「な！　あなたが最初に私のリボンを盗もうとしたのでしょう！」

「はあー？　私は落ちてたのを拾っただけよ！　それを言いがかり付けてきたのは、そっちでしょ！」

「枝に引っかかったのを取ってもらおうと人を呼びに行ってる隙に、あなた、ポケットに入れようとしてましたわよね！」

「とりあえず預かって、誰かに拾った物を届けようとしてただけよ！　ねえ、シェルは私を信じてくれるわよね？」

シェルに向かう時だけ、体をくねらせ上目使いをする元女神。

元聖女そっくりなその姿に、自分に似た女を選んだのか？ と疑問に思う。

それで失敗してるんだから、ちょっとは考えろ！ とも思う。

「…………ブフゥ！ ククククク、ダメだ耐えられない！ アハ、アハハハハハハ！」

「ちょっと、シェル、どうしたの？」

「こ、こっち見ないでっ！ ブフゥ、クククク！」

笑いの止まらないシェルだが、腰に着けてるポーチから手鏡を出して元女神に向ける。

シェルを不満そうに見ながら、差し出された鏡を見る元女神。

「ええ！ 何これ！ ああ！」

己の顔を見て原因に思い当たった元女神は、急いでハンカチで口許《くちもと》を拭くが、真っ赤な口紅はそう簡単に消えないらしく、シェルから奪った手鏡を見ながら焦って拭きまくっている。

シェルがあんまり笑うので、つられて小さな令嬢と侍女さんも笑いだした。

なんとか口紅を拭き取った元女神が振り向いたが、ゴシゴシ拭きすぎたのか、顔の下半分がうっすら赤く、それがまたシェルの笑いを誘い、腰を折って膝をバンバン叩く始末。

「もう、知らない！」

「ちょっ、ちょっとお待ちください！」

「何よ！　私、怒ってるんだからね！」

「はー、はー。お帰りになる前に、貸した鏡を返してください。それと、こちらの令嬢のリボンも」

「…………」

何も言い返せずに、手鏡とリボンを投げ捨てて去っていく元女神。

「はー、失礼しました。こちらのリボンで合っていますか？」

「フフフ、ありがとうございます」

令嬢は、笑いながら元女神とは反対方向に去っていった。

俺は近くを通る元女神に向かって、呪い入りのバリアを投げといた。

当たった途端、

「痛っ！　え？　いや、痛い！　もう！」

肩の辺りを擦りながら去っていった。

まずは1個！

意外と平気そうな様子に、もう2、3個投げとけばよかったかと思った。

まだクスクス笑いの収まらないシェルが来て、部屋に戻る。

キャベンディッシュと元女神のイチャイチャを見たくもないのに見せられて、なんだか胸焼けがするので、ソファを占領してコロコロしてたら、いつの間にか寝てました。

4章　魔王をお城にご招待

おはようございます。

夕べは夕飯を食べ損ねました。

クークー子犬のように鳴く腹を、ソラとハクに不思議そうにつつかれました。

仕方ないのでリビングに移り、マジックバッグからチョコバーと微糖コーヒーを出してモソモソ食べてたら、早起きな助が来て、

「おはよう、けーた。うわっ懐《なつ》かしい！　コーヒー！　一口ちょうだい！」

とねだってきたので、バッグからもう1本ブラックコーヒーを出してやりました。

「あー、苦っ！　コーヒーってこんなに苦かったっけ？　ナハハハハハ、苦いけど美味い！懐かしー！」

ちょっと切なそうな響きの声に助を見てみると、ペットボトルを大事そうに抱え、なんだか涙ぐんでいる？

「にゃいてんのー？」

「ん？　ああ、泣いてはねーけど、なんか染みるよねー。飲みきるのが勿体《もったい》ない感じ？　もう

飲めないわけだし」

「……しょんなたしゅくに、ろーほーです！（そんな助に、朗報です！）」

助がこっちを見たので、自分の飲みかけのペットボトルに蓋をして、もう一度マジックバッグにしまって口を閉める。

そして、もう一度出す。

あら、不思議。飲みかけだったペットボトルが満タンに！

「はあーーー？　何それ、どうなってんの？」

「にゃんかー、じぇんしぇーからもってちたものはー、へってもほじゅーしゃれてんね！（なんかー、前世から持ってきた物は、減っても補充されてんね！）」

「ね！　じゃねーし！　何？　コーヒーだけじゃなく？」

ソラとハクにも分けてなくなったチョコバーの袋をバッグに入れて、閉めて、取り出すと！

あら、不思議。未開封のチョコバーになって出てきました！

「…………何そのふざけたバッグ。マジックバッグの機能じゃないよね？」

「ねー、パショコンもシュマホもじゅーでんきりぇないしー、てっしゅも、とってもとってもへりゃないしー、マジックなバッグにぇー（ねー、パソコンもスマホも充電切れないし、ティッシュも、取っても取っても減らないし、マジックなバッグねー）」

「オヤジギャグで流すの止めて！　そんなチートなバッグ怖いよ！」

「おりぇちかちゅかえなーから、あんじぇんよ？（俺しか使えないから、安全よ？）」

「…………あー、よし！　俺は何も見なかった！　そしてたまにコーヒーをねだれる、便利なけーたがいることにしよう！」

「にゃにいってーの？」

「現実逃避してんの！　下手に喋《しゃべ》ったら、テイルスミヤ長官とかがまた大騒ぎするでしょ！」

「んじゃー、だまってりゅ」

「その方が安全じゃない？」

コーヒーも飲み終わってペットボトルをしまったところで、シェルが部屋に入ってきたので、

「「おはよー」」

「おはようございます」

挨拶してるところにアールスハインも起きてきた。

シェルに着替えをさせてもらって、朝食。

今日はこのあとスラムに行くので、いつもよりは簡素でゴワついた服を着せられました。

お城を出たところで、ユーグラムとディーグリーと合流。

ボードに乗って空を飛べば、お城から一番遠い街門付近のスラムでもそれほど時間はかから

ず到着した。

スラムの入口辺りには、ルルーさんが既に待っててくれて、

「「「おはようございます」」」

「おあよーごじゃましゅ」

皆で挨拶したら、

「おう、おはよう！」

ニカッと爽やかに笑い返された。

あらためて見てもルルーさんは、彫りの深いイケメンだ。

ただ、醸し出す色気が朝の空気に似合わないだけで。

魔王な少年の様子を聞きながら付いていくと、前回よりも奥の広いスペースに案内されて、
そこにはスラムの子供たちがゴチャッと一まとまりになって魔王な少年を囲み、こっちを睨むように見ていた。

それを見て、ルルーさんが頭をガリガリ掻きながら、

「あー、だからよ、お前ら。この人たちは人攫いじゃねーって言ってんだろ！」

「でもこいつを連れてどっか行くんだろ！」

「だからそれは、そいつがこの前みたいにいきなり苦しみだした原因を調べるためだって言っ

てんだろ！」

「ルルー兄は信用してるけど、いきなり来たそいつらにルルー兄が騙されてない証拠はないだろ！」

「だから！　こいつらは大丈夫だって、なんべんも説明しただろう！」

子供たちの中ではいくらか年上らしい少年が、魔王な少年を庇《かば》う位置でルルーさんと言い合っている。

スラム在住なだけあって、警戒心が人一倍強いのかもしれない。

アールスハインたちはまだ16歳と若いけど、子供たちからすれば見上げるほど大きな体の大人に見えるだろう。

この先冒険者になるかもしれない子供たちだ、教訓としてルルーさんが昔騙された話なんかも聞かされてるだろうし、説得するのは時間がかかりそうだ。

なら、警戒されようのない俺が行けばいいんじゃね？　ということで、アールスハインの抱っこから下ろしてもらって、トコトコ子供たちの元へ。

年上少年が怪訝そうな顔で見てきたけど、構わず魔王な少年に近づく。

年上少年の隣にいた少女がちょっと場所をずれてくれたので、魔王な少年に手を伸ばしてみたら、かがんで両手で体を支えるように持たれた。

「にぇー、もーいちゃいとこにゃいー？（ねぇー、もー痛いところない？）」

「ええと？」

魔王な少年に俺の言葉が通じない！

だが場所を譲ってくれた少女が、

「もう痛いところないかって聞いてるよ？」

普段から他の小さい子の面倒を見ているのか、少女には通じました！　通訳もしてくれる模様。

「え？　うん、もうどこも痛くもないし、苦しくもないよ！」

「れもー、またいちゅいたくなりゅか、わかんねーかりゃ、おーしゃしゃんいこう！（でも、またいつ痛くなるか分かんないから、お医者さん行こう！）」

「え？　またこの子、痛くなるの？」

「しょれをちらべにいくんらよー（それを調べに行くんだよ）」

「それでこの子を連れていくの？」

「しょー、あとー、にゃんでいたきゅなったーか、いちゅから、いたきゅなったーかもききゃないとね！（そう、あと、なんで痛くなったのか、いつから痛くなったのかも聞かないとね！）」

「そっかー。この人たちは、本当に人攫いじゃないのね？」

「ちなうよ、がくしぇーよ」

「学生って、あのでっかい学園の？」

「学園の生徒ってまだ子供だろ？」

年上少年が話に混ざってきた。

「しょーね」

「冒険者じゃねーのかよ？」

「ぼーけんしゃーもちてりゅね」

「…………本当の本当に人攫いじゃないんだな？　こいつはちゃんとここに帰ってくるんだな？」

「らいじょーぶ。やくしょくしゅるよ！（大丈夫。約束するよ）」

「何日も何年もあとじゃダメだぞ！」

「きょーかあちたにはかえってくーよ（今日か明日には帰ってくるよ）」

「絶対だな⁉」

「じぇったーよ、やくしょくしゅる？（絶対よ、約束する？）」

「お、おう」

年上少年の小指に、自分のちっさい小指を絡めて、

「うーびきりげーまん、うしょちゅいたら、はーりしぇんぼーのーましゅ、うびきった！」

歌いながら絡めた指を切ったら、

「な、な、なんだよ今の？　呪いか何かか⁉」

「やきゅしょくのぎちきよ！（約束の儀式よ！）」

「それすると何かあるのか？」

「やきゅしょくやぶれにゃくなんねー（約束破れなくなるねー）」

「そ、そ、そうか。ならしょうがねーから、連れてってもいいぞ！　お前もルルー兄から絶対離れるなよ！」

「う、うん、分かった」

いまいち展開についてこれてない魔王な少年だが、年上少年の言葉には素直に頷いてた。

なので魔王な少年の手を引いて、アールスハインらの方へ連れていく。

なぜか呆れた目で見られたが、

「しぇっとくかんりょー！（説得完了！）」

とドヤ顔して言えば、ルルーさんに頭をグシャグシャされた。

「んじゃまあ、行くか」

再びアールスハインに抱っこされて建物の外へ。

ボードを出して、ルルーさんが魔王な少年をボードに乗せようとしているが、魔王な少年がビビっているのでそれを止めて、俺の移動魔道具に座らせ、その膝に座ればなんだか怖々と俺の腹に手を回してきたので、出発。

魔力を流せばフヨフヨと浮かぶ魔道具。

魔王な少年の震えがよく分かるが、構わず進めます。

下にいる子供たちが、全員ポカーンと大口開けて見上げてるのに手を振ってから、お城へGO!

アールスハインたちも付いてきてるし問題ない。

ルルーさんが若干不安定だけど、飛んでるうちに慣れるだろう。

最初ビクビクだった魔王な少年も、周りの景色を見て興奮しだしたので大丈夫だろう。

お城までの短い空の旅も終わり、お城の門の前に到着。

出迎えのために待っていてくれたのは、なんと将軍さん!

「おう来たな、Aランク冒険者ルルー!」

「ゲ、獅子王! なんであんたが出迎えなんだよ! あんた、将軍だろ?」

「ガハハハ、まあいいじゃねーか、そんなこと! そんで、そこにいるのが例の気の毒な少年か?」

将軍さんに上から眺められて、ルルーさんの後ろに隠れる少年。

「おいおい、あんたみたいなデカくてごつい男が、子供を見下ろすんじゃねーよ！　ビビって何も言えなくなんだろーが！」

「…………普通の子供だな？」

「聞いてねーし！」

「まあいい。ほら、中へ入るぞ！」

将軍さんはそのまま先に歩きだした。

ルルーさんがため息をついてから付いていく。

ルルーさんの服の裾を掴む魔王な少年も付いていく。

皆でゾロゾロ歩いて着いた先は、魔力測定玉のある部屋。

既に部屋の中にいた王様と宰相さん、テイルスミヤ長官とイングリード。

皆デカいし威圧感があるから、魔王な少年がビビって顔を上げられないでいる。

抱っこから降りて近寄って見上げると、俯《うつむ》いた目がテンパりすぎてグルグルになってた。

仕方ないので少年の足を軽く叩き、視線が合ったところで抱っこを要求するように両手を出すと、条件反射のように俺を抱っこした。

スラムでもいつもしていたのか、ちゃんと安定した抱っこ。

抱っこされた状態で肩の辺りを撫でてやれば、ほうと息を吐き出す少年。

人って、自分より弱そうな者を抱えると、変な落ち着きを取り戻すよね！

まあ、弱そうなのは見た目だけで、戦ったら負ける気はしないけどね！

少年が落ち着いたのを見た、この場の大人では一番威圧感のないテイルスミヤ長官が、

「まずはあなたの魔力を計りたいので、こちらに来ていただけますか？」

と、柔らかい声で言った。

少年は、俺を見て、ルルーさんを見て、一つ頷いてから、ゆっくりと魔力測定玉に近づき、俺をテイルスミヤ長官に渡すと、言われた通りに板に手を置いた。

玉の部分が透明から色付いていき、魔力の色を示す。

魔力量は赤に少しだけ虹色の混ざる、高魔力判定。

模様はボンヤリと滲んだ葉脈のようなトンボの羽のような模様を、ステンドグラスで作ったみたいに色鮮やかにした感じ。

「ああ、やはり魔力がかなり多いようですね！　コントロールは年齢相応ですが、美しい模様です！」

テイルスミヤ長官の褒め言葉に、若干顔色の良くなる少年。

魔力測定は終了し、別の部屋に移動。

応接間に着いて各々がソファに座ったところで、デュランさんがお茶を淹《い》れてくれて一息。

俺と少年には、青汁色の桃ジュース。

少年の隣に座ったまま俺がジュースを飲むと、少年も恐る恐る一口飲んで、

「美味い！」

と声を上げたのに、皆が微笑ましい眼差《まなざ》しを向ける。

俺込みで見るの止めてください！

皆に見られてることに気付いた少年はまた俯いてしまったけど、おでこの辺りを撫でてやれば、ヘラっと不器用にでも笑ったので、最初の緊張は解けている様子。

「えー、俺たちが今日呼ばれたのは、このガ、いや、この子供が何日か前にケータ様に治療されたあとの、様子見って聞いて来たんですけど、なんでこの国の偉い人たちが揃《そろ》ってんですかね？」

「もちろん、その少年のその後の状態を調べるためでもあったが、そもそもの原因の話をするためでもある」

宰相さんの話に、怪訝な顔をするルルーさん。

「原因って、こいつが何かに巻き込まれているってことですか？」

「ああ。だがまずは、少年にいくつか質問させてほしい」

ルルーさんは首を傾げちょっと考えたが、少年に、

「大丈夫か？」

と確認した。

顔を上げた少年が弱々しくはあるが頷いたので、頭をグシャグシャして宰相さんに頷いた。

「では少年、まずは名前を教えてくれるだろうか？」

宰相さんに声をかけられてビクッとはしたが、ちゃんと顔を上げたまま、

「な、な、名前はないよ」

「？　他の人にはなんと呼ばれていた？」

「？　お前とか、そいつとか、おいとか？」

「…………もともと、呪いを受ける前はどこにいた？」

「のろいってなに？」

「「「「…………」」」」

一同無言。名前すらない少年に、何を質問したらいいか迷ってるらしい。

「しぇなかにー、いち、うめりゃりたの、いちゅ？（背中に、石を埋められたのはいつ？）」

俺の質問に痛そうな顔はしたが、

「たぶん、ひと月くらい前」

「しょのまーえは、どこにいたの？（その前はどこにいたの？）」

「森の中の小屋にいたよ」

「しとりで？」

「大人と子供と何人かいた」

「しょのしとたちは？」

「分かんない。おれが売れたって外の人が言って、連れ出されたから」

「しょとのしと？」

「うん、小屋の外からご飯とか持ってくる人」

「しょのあとは？」

「外の人に連れられて、女の人に会って、檻に入れられて、痛いことされた」

「しょっかー、れもー、もーらいじょーぶよー、にゃまえもあたらちく、ちゅけてもらえばいーよ（そっかー、でも、もう大丈夫だよ、名前も新しく付けてもらえばいいよ）」

「名前ってもらえるの？」

「じぶーでちゅけてもいーよ？（自分で付けてもいいよ？）」

「ええ！　そうなの？　外の人が、ドレイに名前はいらないって言ってたよ」

「もーどれーららいから、にゃまえちゅけていーよ！（もう奴隷じゃないから、名前付けていいよ！）」

「おれ、いつの間にドレイやめたの？」

「いたーこといっぱーがまんちたから、ごほーびよ！（痛いことといっぱい我慢したから、ご褒美よ！）」

「ええ、本当！　へへ、おれ、ごほうび知ってるよ！　何かいいことあるともらえる、いつもより美味しいご飯のことでしょ？」

「ごはんらけらないけどー、ごはんもあぎるねー！　おうちかえっちゃらね！（ご飯だけじゃないけど、ご飯もあげるね！　お家帰ってからね！）」

「うん！　美味しくないごはんも、皆と食べると美味しいんだよ！」

「しょーね！　みんにゃで、たびらりりゅよーに、いっぱーごほーびもりゃおーね！（そうね！　皆で食べられるように、いっぱいご褒美もらおうね！）」

「ええ！　いっぱいってどれくらい？　そんなにもらって、罰当たらない？」

「らいじょーぶよ、いっぱーがまんちたから！（大丈夫、いっぱい我慢したからね！）」

「やった！　そしたら皆でお腹いっぱい食べられるね！」

「たべしゅぎはだめよ！　きもちわりゅくなりゅから！（食べすぎはダメよ！　気持ち悪くなるから！）」

「ええ！　気持ち悪くなるの？　毒が入ってるの？　でもおれ、毒もいっぱい食べたから、効かなくなったって言ってたよ？」

「ほかにょこは、どくたびらりないかりゃ、どくのごはんはだめよ！（他の子は、毒食べられないから、毒のご飯はダメよ！）」

「そっかー、他の子は毒はダメなのか。分かった！　毒はダメ！」

「しょーしょー、どくないごはんよー（そーそー、毒のないご飯よ）」

「うん！　ねぇ、おれ、いつ帰れるの？　皆にごほうびのごはんのこと教えてあげなくちゃ！」

「もーしゅぐかーれりゅよ、れもー、ごはんにょことはー、なーしょにちて、おどろかしぇたら？（もうすぐ帰れるよ、でも、ご飯のことは内緒にして、驚かせたら？）」

「うわーうわー、それすごく楽しそう！　うん、おれ、皆にないしょでごはん持ってく！」

「しょーね、いっぱーよーいちてもりゃうから、もうちょっちょまってねー（そうね、いっぱい用意してもらうから、もうちょっと待ってね）」

「うん、分かった！」

少年との話に一区切り付けて大人たちを見ると、とても深刻そうな顔をしている。

とりあえず、少年を医師に見せるためにルルーさんと共にデュランさんが部屋から連れ出して、

「さて、あの少年に関して言えば、奴隷であったこと、森の小屋に他の奴隷と共に閉じ込めら

れていたこと、女に買われて、檻に入れられ、毒を盛られていたこと、その他にも痛いことをいろいろされたこと、それ以外は本人に知識がないため説明も難しいだろうこと。以上ですね？」

宰相さんがまとめたのを、ガンと机を叩き、

「いまだにこの王都に違法奴隷がいるとは！」

将軍さんが怒りも露わに怒鳴る。

「確かにそれも重大な問題だが、今はあの少年の今後のことを考える方が先だ！」

「ああ分かってる！　だがどうする？　あの子を今スラムから離すのは可哀想だろ？」

「そうですね。まだ魔力が安定していない今の状態で暴走されでもしたら、王都に甚大な被害が出るでしょう」

テイルスミヤ長官の真剣な声に、

「そんなにか？　あの子は魔法の一つも覚えちゃいないだろう？」

「だからこそです。少年が暴走するとしたら、恐怖や痛みなどの原因が想像できますが、その場合、攻撃的になり属性のない破壊衝動が魔法となって発動するかもしれません」

「属性のない破壊衝動？」

「はい。通常属性のある魔法の攻撃なら、相殺できる属性魔法を当てれば攻撃を消すことも可

能ですが、属性のない魔法とは無属性ではなく、あらゆる属性の混ざった魔法のことです。相殺するのはほぼ不可能です」

「そんでその攻撃をすんのが、赤に虹の混じった魔力量を持つ、あの少年ってことか？」

「甚大どころか、王都が滅びるな」

「はい。止められるとしたら、ケータ様くらいのものでしょう」

皆に真剣な顔で見られます。

「そうならないためにも、あの少年は心を許しているスラムの仲間のところにいてもらわなければなりません」

「ですが、あの魔力量を持つ少年には、ぜひとも身を守る魔法を習得してもらいたいですね」

「うーむ、どうしたものか？」

そこで少年とルルーさんがお医者さんのところから戻ったので、一旦中断。

深刻な部屋の雰囲気に、少年がまたルルーさんの後ろに隠れてしまった。

ルルーさんの後ろには、さらにお医者さんなおじいちゃんがいて一緒に部屋に入ってきた。

おじいちゃん医師が、

「報告します、この少年の体に異常は見られませなんだ。ですが、この少年は、人族ではなく、獣人の蛇族の変異個体、白蛇のようですの」

「白蛇とはまた珍しい種族だな？」

宰相さんの驚きの声に、白く長いサンタ髭《ひげ》を撫でながら、おじいちゃん医師が、

「そうですな、白蛇とは蛇族の中でもごく稀《まれ》にしか生まれず、体も弱いためになかなか大人になるまで育たないと聞きます」

「そしたら、こいつは？」

ルルーさんの焦ったような声に、

「ああ、この少年は大丈夫ですな。理不尽な研究に使われたと聞きましたが、不幸中の幸いか、その研究のお陰で、この少年の体は通常の獣族の子供並みに丈夫になっております。多少内臓が弱っている様子ですが、この先ちゃんと食事と睡眠を取れば、ひと月と経たず元気になりましょう」

「そうか、まさに不幸中の幸いだな」

王様の安心した声に、おじいちゃん医師はホッホッと笑って部屋を出ていった。

「…………白蛇ならば、稀有《けう》な魔力の量にも納得がいきます」

「白蛇を知ってるのか？」

「ええ、一度冒険者時代にお会いしたことがあります。白蛇の子供は、生まれながらに多くの魔力を持ち、その魔力ゆえ体が育つ前に魔力によって体を害されてしまうので、ほとんどの場

合、大人になる前に命を落としてしまうのです」

「防ぐ術《すべ》は？」

「運良く高魔力を持った魔法使いに師事できれば、体内の魔力を吸出し、排出することで成長を促すことも可能です」

「なるほど。だが白蛇が生まれた時に、タイミング良く高魔力を保持した魔法使いに出会えるかは、完全に運か」

「そうなりますね。蛇族の里は森の奥にあることが多いですから」

「獣族の里は、種族ごとに分かれて少人数で構成されることが多い。だからこそ狙われやすいとも言える」

宰相さんとテイルスミヤ長官の淡々とした話に、少年はボンヤリと首を傾げるのみ。

「ということは、この少年の里はもう残ってない可能性が高いか？」

「ええ。少人数の里ならば下手に人を残すよりその方が、のちのちの報復もされにくくなりますからね」

「獣族の長殿には確認が必要だが、この少年はこちらで保護しても問題はないな？」

「おそらく。少年の両親が運良く生き残っていれば、その時はまたその時に考えれば間に合うでしょう」

「うむ。問題は、今後少年に誰が魔法の使い方を教えるか、か」

「魔法庁から職員を派遣することは可能ですが、スラムの子供たちがそれを受け入れるかも問題ですね」

「ルルーよ、その辺はどうだよ？」

「んー、スラムのガキどもは無駄に警戒心が強いから、いきなり来た大人はまず受け入れねーな」

「だろーなー。なら全員まとめて孤児院に入れるか？」

「いや、そんなことしてもすぐに飛び出すだけで、残るのは精々《せいぜい》4、5人のチビどもくらいだろうよ」

「なんで飛び出しちまうんだよ？」

「んー、この国は豊かだから、スラムのガキでも選ばなきゃそこそこ仕事もあるし、テメーの食い扶持《ぶち》くらいは稼げるんだよ。だから大人に頼るってことがまずない。しかもスラムの大人はたいがいろくでなしで、ガキどもから掠《かす》め取ることばっかしやがる。だから冒険者になれる年になるまでは、ガキ同士で固まって生きてんだよ」

「だからと言って、全員が冒険者になるわけじゃねーだろ？」

「ほぼ全員だぜ？　他の仕事についても読み書きもできねースラム出身のガキは、ろくな給料もらえねーし、簡単に騙せるから他の奴より給料減らされてもなかなか気付かねーし。気付いた途端暴れるしで、働き先がねーからな」

「んー、ならばどうすりゃいいんだよ？」

大人たちが難しい顔で黙り込むなか、少年はジュース片手に足をプラプラして、とても退屈そう。なので、

「にぇー、まほーやりたい？」

「まほーってルルーにいがたまに見せてくれるやつ？　おれでもできるの？　ならやりたい！」

「れもー、なりゃうの、みんにゃとはなりぇりゅよ？（でも、習うには皆と離れるよ？）」

「ええー、皆も習いたいのに？　じゃーおれも習うのがまんする」

「みんにゃと、いっしょーなりゃ、なりゃう？（皆と一緒なら、習う？）」

「うん、カッコいいもん！」

「しょっかー」

話しながら大人たちを見れば、さらに難しい顔になっている。

「しょしたら、がっこーちゅくってもりゃう？（そしたら、学校作ってもらう？）」

「がっこーって何？」

「がきゅえんみたーの（学園みたいの）」

「学園っておれ、知ってる！　でもあそこは、すごいお金持ちしか入れないんでしょ？」

「らからー、びんぼーのころもれも、はいりぇるがっこーちゅくってもりゃうんだよ！（だから、貧乏の子でも入れる学校作ってもらうんだよ！）」

「びんぼーでも入れるがっこー？　お金ないよ？」

「おきゃねのかわでぃ、おちごとちたらいーよ（お金の代わりに、仕事したらいいよ）」

「がっこーでお仕事するの？」

「がっこーで、おちごともりゃえばいーよ（学校で、お仕事もらえばいいよ）」

「ええ？　がっこーって、まほー教えてもらうんじゃないの？」

「まほーらけらくて、じーときゃけーしゃんとか、おちえてもりゃーばいーよ（魔法だけじゃなくて、字とか計算とか教えてもらえばいいよ）」

チラッと大人たちを見れば、へーとばかりにこっちに身を乗り出してる。

「そんなにいっぱい教えてもらっていいの？」

「ぼーけんしゃーなっちぇー、だみゃしゃりるの、やーれしょ？（冒険者になって、騙されるの嫌でしょ？）」

「うん、ルルーにいだけじゃなくて、チトにいも、アギねーも騙されたことあるって！」

「じーときゃけーしゃんなりゃったら、だましゃりるの、しゅくなくなりゅよー（字とか計算習ったら、騙されるの少なくなるよ)」

「ええ！　本当！　おれ習うよ！　いっぱい習う！　お仕事もする！」

そこまで話して、大人たちを見れば、

「平民の学校か。なるほど、幼年学園ほどの知識があれば、冒険者になっても騙されることは、少なくなるだろうな」

王様の意見に、

「平民の学校ならば貴族関係の科目は省き、身を守るための鍛練《たんれん》などを入れるのもいいかもしれません」

「おう。それなら引退して、暇を持て余してるじじぃどもが使えるな！」

宰相さんと将軍さんも意見を述べる。

「だが、学費の代わりの仕事は、どうする？」

「それならば、冒険者ギルドに掛け合って、簡単な仕事を回してもらうとか、なんなら兵舎の掃除とかも回せるぞ？」

「まーどーぎゅの、まーりょきゅこめりゅのもねー（魔道具の、魔力込めるのもねー）」

「…………その対価を学費にするのか、なるほど。ならば以前に教会に預けられた元奴隷の子供たちも一緒に習わせれば、それなりの数にはなるな」

「もうあの子らは大丈夫なのか？　前に見た時には、ひどく怯えられたが？」

「お前は見た目からして、普通の子供にも怯えられるだろう？　教会からの報告では、だいぶ落ち着いているそうだ」

「まあ、ならいいけどよ」

「あとは場所か。スラムの近くに、建物が倒壊したままの土地があったな。ひとまずはその土地に建てるか？」

「ああ、あそこな。スラムの端だし、結構広い場所だからいいんじゃねーか？」

「教会にも話を通そう。冒険者ギルドはお前に任せる」

「ああ、いいぜ！　冒険者ギルドも最初から戦いの基礎を分かってる奴が多く入ってくりゃー喜ぶだろ！　そのうえトラブルを起こすスラムの若いのが減りゃー、楽になるしな！」

「卒業には試験を設け、無事試験を通った者にはその証明になる物を贈れば、学校とその生徒への信頼度は上がるだろう？」

「ああ、そいつが問題を起こさない限りはな！」

「そのことも含めての教育だろう」

「ああ、まあそうか。んで、学校に入れる年は？」

「そうだな、普通に会話ができる年齢になれば構わないのではないか？」

「てーことは、5、6歳ってとこか?」

「その辺りが無難だろう。で、それ以下の子供たちは、教会に一時的にでも預かってもらうか。それくらいなら許容できるだろうか?」

最後の言葉は、展開に付いていけずにポカンとしていたルルーさんへ。

「あーえー、まあガキどもも字や計算は覚えたいと思ってるだろうし、ただじゃなく、仕事をすれば習えるってことなら納得すると思うが、そんな簡単に決めていいことか?」

「もともとスラムの子供らは保護の対象にはなってたんだが、孤児院に入れたそばから脱走する奴が多くて、戸籍もないうえに逃げ回る者も多く人数の把握も困難で、どうしたもんか思い付かなかったんだよ! 土地は空いてるし、こっちとしては建物を1個建てるだけいろいろ問題が解決するなら、助かるんだよ!」

「それなら、まあいいけどよ」

「それに、学校を無事卒業したからには不当な差別はされないだろうよ。それだけのことをちゃんと学べればな! 差別がなくなりゃ、犯罪に手を染める奴も減るしな!」

「…………そうだな。まともな暮らしができれば、好き好んで犯罪者にはならねーだろうよ」

「よし、ならばすぐにでも取りかかるか! ちょっくら冒険者ギルドに行ってくら!」

そう言って将軍さんがマジックバッグから取り出したのはボード。

「おー、のりぇりゅよーなっちゃー？」

「おう、任せろ！　魔法庁職員にも負けねーくらい乗れるぜ！」

自信満々だけど、魔法庁職員さんたちは安全運転なのでルルーさんよりスピードは出てません。

ザカザカ部屋を出ていった将軍さんを見送って、

「忙しない男だ！　それじゃあ少年、今日はご苦労だった。また何かあれば連絡しなさい」

と手を振って、宰相さんも部屋を出て行った。

王様も、

「城の入り口の騎士には伝えておく。学校が出来次第、連絡もしよう。友人たちにも話しておいてくれ！」

そう言って部屋を出ていった。

イングリードとテイルスミヤ長官もいつの間にか出ていってて、偉い人のいなくなった部屋では、ルルーさんが途端にグデンとソファに倒れ込んだ。

「おいおいおい、俺はこんな偉いやつに囲まれるなんて聞いてねーぞ！」

今頃になって緊張が解けてグデンとなったらしい。

「なんか話がデカくなってるし！　ただ、こいつを医者に見せるだけじゃなかったのかよ？」

「医者には見せただろう？」

「城の偉い医者な！　なんで俺が王様に会うんだよ？　獅子王までいやがるし！」

「その獅子王って何〜？」

「冒険者時代の奴の二つ名だよ。火魔法が得意で、鬣《たてがみ》みたいに見えたらしくてな！」

「へ〜、二つ名なんてあるんだ〜？」

「Bランク以上はだいたい付けられるな」

「へ〜、ルルーさんは？」

「ルルーにいは、迅風《じんぷう》って言うんだよ！　風の魔法で誰よりも早く敵を倒すんだ！」

キラッキラした目で我が事のように話す少年。

ルルーさんは、スラムの子供たちのヒーローなんだろう。

「さて、それじゃあ俺たちも、スラムに行くか！」

アールスハインの言葉に、やっとノロノロ顔を上げるルルーさん。

「別に送ってもらわなくても、帰りは大丈夫だぞ？」

「何言ってんのルルーさん？　少年へのご褒美がまだでしょ〜？　子供との約束は守らないとね〜！」

「ごほうび！　美味しいごはん！　皆で食べる！」

「あ、ああ、でもいいのかよ？　結構な人数のガキがいるぞ！」

「おっきーにゃべありゅよ！（大っきい鍋あるよ！）」

「あー、適当に買うんじゃなくて、お前さんが作るのか？」

「やしゃいもたびさしるかりゃね！（野菜も食べさせるからね！）」

「ああ、買ったもんだと、肉ばっかになるわな」

「しょー、こどもはやしゃいもだいじ！（そー、子供は野菜も大事！）」

「…………だが、前みたいに、森の魔物の肉をバンバン出すなよ？　クセになったら、普段の飯が食えなくなるからな？」

「んー、びっきゅばーどのにきゅ、なりゃいー？（んー、ビッグバードの肉、ならいい？）」

「あー、まぁビッグバードくらいなら」

「おっけー！　じゃーいきゅよー！」

俺の掛け声で全員が腰を上げ、スラムに向かってボードを飛ばした。

短い空の旅のあとは、スラムの子供たちが住む廃墟に向かう。

少年が足取りも軽く、皆の元へ向かうあとを付いていく。

「みんなーただいまー！」

大きな声で帰ったと挨拶をすれば、そこら中の瓦礫《がれき》の隙間や、建物の陰からワラワラと子供たちが出てきた。

その数、30人ほど。

全員がまだ冒険者登録ができない歳なので、10歳にも満たない子供がさらに幼い子供の手を引いたり、抱っこしたりしている。

中には獣族の特徴らしい、尻尾や獣の耳などを持つ者もいる。

全体的に毛艶は悪いが、血色はいい。

栄養は足りているようだが、身嗜《みだしな》みには手が回ってない感じ。

子供たちがワチャッと集まって、少年におかえりと大合唱してる。

中には涙ぐむ子もいて、本当に無事帰れたことを喜んでいる様子にホッコリする。

子供たちの集団の中から、年嵩《としかさ》のリーダーの少年がこっちに寄ってきて、

「約束守ったな！」

俺に向かって言うので、

「けーた、うしょちゅかないよ！」

と返してやれば、

「あいつは、大丈夫なんだな？」

心配そうに聞いてくるので、

「だーじょーぶ、しゅごいげんち」

と答えたら、ホッとした顔をして、

「じゃーなんでお前らまで来たんだよ？　もう用はないだろ？　ルルー兄とあいつだけでよかったのによ！」

とか言うので、ちょっと意地悪してみたくなり、

「ふーん、ごはんもってちたのに、いりゃないんだー？（ふーん、ご飯持ってきたのに、いらないんだー？）」

聞いてみれば、一瞬だけウグッとなったが、

「べつに、恵んでもらわなくても、自分の飯くらい用意できるし！」

とか言う。なかなかに意地っ張りな様子。

とても微笑ましい。

「やわわかいパンときゃー、やしゃいもにきゅもいっぱーのしゅーぷときゃー、んまーいやわわかいにきゅもいりゃないんだー？（柔らかいパンとかー、野菜も肉もいっぱいのスープとかー、美味い柔らかい肉もいらないんだー？）」

「は？　柔らかい肉ってなんだよ？　そんなんあるわけねーだろ！」

「ありゅよー、んまーいよー、ねー、るるーしゃん？（あるよー、美味ーいよー、ねー、ルル

ーさん？）」

「フハハ、あるな！　あれは美味かったなー！」

「ルルー兄、本当かよ？　そんなの一人占めなんて狡《ずる》いぞ！」

「バカめ、あの特別な肉は一流の冒険者にならないと食えないんだよ！」

「じゃあ、なんでそのチビは食ってんだよ！」

「このチビッ子は、こう見えてものすごくつえーんだよ！　だから食えんだよ！」

「はあ？　そんなん信じられるか！」

「お前が信じよーが、信じなかろーが、このチビッ子がつえーのは事実だっつーの！　お前だって、あいつを治した時の魔法を見ただろうが！」

「あ、あ、あれは何かの見間違いで、そっちのキレーな面《つら》したにーちゃんがやったんだろ！」

「いえ、私は何もしてません」

ユーグラムを指差すリーダー少年に、ユーグラムが速攻否定する。

顔に似合わないその低いバリトンボイスに、リーダー少年と近くにいた女の子がビクッとした。

「そ、そ、それが本当なら、何か魔法見せてみろよ！」

リクエストをもらったので、やってみせましょう！

部屋全体を覆うようにバリアを張り、アールスハインらとルルーさんを除く、子供たち全員に洗浄魔法をかけてやりました！

これからご飯食べるからね！

心なしかベト付いていた子供たちの髪がサラッとして、元の色が判別できないほど汚れていた服が、穴や擦り切れはあるが、汚れが綺麗に落ちた。

突然のことに、ただただ驚く子供。

全員が口をパカーンと開けて同じ顔をしているのに、ディーグリーが笑いだした。

「まほーみしぇただん！」

ドヤ顔で言ってみたら、ハクハクと口を動かすだけで何も言えないリーダー少年。

女の子たちが特に大騒ぎしてキャーキャー言ってる。

獣族らしい子の尻尾と耳もフカフカになった！

近くにいた狸《たぬき》っぽい獣族の男の子の尻尾にマフッと抱き付いたら、ギャッと叫ばれた。

ごめん、欲望に負けちゃった！

ちゃんと謝ったら許してくれて、尻尾で撫でられた。

女の子たちのご機嫌とりも終わったので、調理場に案内してもらう。

アンネローゼくらいの女の子に代わる代わる抱っこされ、チビッ子に手を繋がれながら着いたのは、一応厨房《ちゅうぼう》の形が残っている場所。

魔道具の調理器具は壊れて使えないけど普通に薪《まき》で火は着けられるし、近くに井戸があるので、ちゃんと水甕《みずがめ》に水も満たされている。

調理台も清潔を心がけているようで、ひどい状態ではなかったので、部屋全体に洗浄魔法を使ってから調理を開始しますかね！

キャベツ、人参、じゃが芋、玉ねぎ、セロリトマト、ベーコン、鶏肉。野菜は全部巨大だし、肉は魔物の肉だけど。

それらをぶつ切りにして巨大鍋にぶちこむ。

トマトは前世よりも小さめなので、ヘタをとってそのまま。

ベーコンは固いので、うすーく切った。

それに大量の水を入れてコトコト煮込む。

製粉技術の上がった薄力粉、ベーキングパウダー的な働きをする草を乾燥させて粉にした膨らし粉、塩少々、水適量、それらを混ぜてこねて少々休ませたら、ほどよい大きさに分けて、フライパンに油を薄く敷き、潰すように押し付けながら焼いていく。

チビッ子がキャッキャしながら丸める姿はかわいらしい。

お城のパンには敵《かな》わないけど、意外とモチモチした食感のナンもどきの完成！

火加減などはできないので、グラグラ煮たったスープの鍋を火から下ろし、塩と胡椒で味付け。子供が多いから、胡椒はほんの一振り。

味見をして～、ポトフもどきの完成！

コンソメがないから物足りない気もするけど、優しい味のスープですよ！

さてさて、メインは肉！

これは前に草原の先の里山みたいな森で捕まえた、巨大鶏みたいな魔物の肉。

その腿肉を使う。まず青パパイアを擦りおろし、肉に揉みこむ。

しばらくおいて、塩を多めに振りフライパンで焼く。

砂糖は高級品だけど、メープルシロップは庶民でもお手軽に買える食材だ。スラムの端の方では正式名ではないが、甘い木と言われる木からメープルシロップっぽい物が取れるそうなので、割と身近な食材っぽい。

肉に、メープルシロップ、レモンの絞り汁、マスタードを混ぜたソースを回しかける。

ソースとよく絡めるように焼いて、ハニーマスタード焼き、いや、メープルマスタード焼き完成！

人数分の食器は持ってないので、スラムの子供たちがもともと持ってた器に洗浄魔法をかけてから各々によそっていく。

小さい子から順番に。文句を言う子もおらず、とてもお行儀がいい。

並んでる子がたまにはみ出して、鼻をひくつかせるのも微笑ましい。

全員に行き渡ったところで、リーダー少年が神への祈りなのか何事か呟いて、全員が一つ頭を下げていただきます。

ハフハフ言いながら、

「「「おいしーーーー！！！」」」

と大好評で何よりです！

近くにいるリーダー少年に、

「にきゅ、やわわかいれしょー？（肉、柔らかいでしょー？）」

と自慢げに聞いてみれば、

「これって、貴族様の食うようなものすげぇ高級な肉か？　大丈夫か？　こんな肉、俺たちに食わせて。売った方が良くないか？」

心配されました。

「ハハハッ！　大丈夫だよ～。この肉は東側の浅い森で獲ったビッグバードの肉だから、君らもあと5年もすれば簡単に獲れるよ！」

ディーグリーが明るく答えたけど、

「うっそだー。ビッグバードの肉なら前に何度か食べたことあるけど、こんなに柔らかくなかったし、もっと臭かったぞ！」

「フフフ～ン。それはね、仕留めた瞬間に体中の血を抜いたから、臭くないし固くならないんだよ～！　まあ他にもいろいろやり方はあるけど！」

「ふーん。それだけでこんなに美味い肉になるなら、俺も早く冒険者になって狩りに行けるようにしないとな！」

「そんなに早く行きたいなら、今度できる学校に通えばいいよ～」

「はあ？　そんな金ねーよ！」

「フフン。今度できる学校はお金じゃなくて、学校の依頼を受ければ授業料がただになるんだな～」

「……それ、兄ちゃん騙されてるぞ！　そんな上手い話があるわけないだろ！」

「それがあるんだな～。国の偉い人たちが作る学校だから、安心していいよ～」

「…………そんでそのがっこう？　で俺らは何をさせられるんだよ？」

「んー。させられるってのは違うと思うんだけど、授業料の代わりになる仕事は、冒険者ギルドの見習いがやるような仕事とか兵舎の掃除とか洗濯とかの、大変だけど簡単な仕事になると思うよ？　それで、その仕事をちゃんとやる代わりに、文字の読み書きや計算の仕方なんかを教えてもらうんだよ、あと魔法とかね！」

「字の読み書きや計算はそりゃ覚えてーけど、本当に騙されてねーのかよ？　あとからすげぇ金払えとか言われねーの？」

「近いうちにスラムの端の空き地に学校の建物が建つだろうし、その時に説明もしてくれると思うよ。それに、冒険者ギルドの協力も得られれば、新米冒険者に役立つ情報も教えてもらえるだろうし、１回騙されたと思って行って自分で確かめたらいいよ〜」

「………………考えとく」

そう言ったきり、リーダー少年は他の子たちのところへ行ってしまった。

「あんなんで学校行くかな〜？」

「ああ、行くだろうよ。奴も馬鹿じゃない、自分たちにとって得なのはどっちか、嗅《か》ぎ分ける力くらいあるさ！　お前さんが強制しなかったのもよかったしな！」

「ま〜ね〜。ああいうタイプの子は、強制なんかしたら絶対反発して近づきもしなくなると思ったからね〜！」

「ああ、その通りだよ。まあスラムのガキは、だいたいそんなもんだけどな！　警戒心が強い割に１回上手くいくと、コロッと騙される」

「経験談ですか〜？」

「ああ、そんでも俺は運良くお人好しな奴らに拾われて、立て直せたがな」

苦い顔で笑うルルーさんは、立て直しの利かなかった仲間を知っているのかもしれない。

まあ、子供たちへの学校の勧誘は、概ね成功したと考えていいだろう。

ヤンキー顔のアールスハインや無表情のユーグラムに任せなかった、宰相さんの知恵だね！

かなりな量を作った食事も完食されたので、鍋と野菜を子供たちにプレゼントして帰りました。


お城に帰る前に、下町をプラプラと歩く。

スラムなので物陰からこちらを窺う視線が多いけど、構わず進む。

前方には柄の悪そうな人たちが何人かバラバラに道の両端にいるけど、こっちを窺うだけで絡んではこなさそうなのでスルー。

スラムを出て、下町の低所得者が多く住む地域を歩く。

いかにも育ちの良さそうなアールスハインたちを皆が遠巻きに見ている。

下手に関わるとろくなことがないとでも思っているのか、目も合わせようとしない。

どことなく煤けた感じの通りを越えて、下町の市場に到着。

下町の市場は店舗を構えるのではなく、手押しの荷車に商品を載せて販売するスタイルが多い様子。

それほど広くもない通りの両側に、所狭しと荷車が並び、呼び込みも盛んで活気があると言うより騒がしい。

何かの拍子にはぐれると困るので、アールスハインに抱っこされてます。

この辺では滅多に見かけないほど身なりのいい俺たちに、次々に声がかかる。

値段を見てみると、前に行った庶民向けの八百屋の半額くらいの設定。

形や色が悪かったり、虫食いがあったりはするけどね。

市場通りを進み端まで来ると、荷車ではなく筵《むしろ》に商品を並べて販売している人たちが多くなり、その中に古魔道具屋を発見。

近づいてよく見ると、壊れてはいるが何個かの呪いの魔道具を見つけた。

「しゃわってぃー？」

店主に聞くが通じなかったらしく、

「へい、なんですかい？」

「あー、商品に触って大丈夫か？」

「ああ、どうぞどうぞ。ただし魔力は流さないでくだせーよ。壊れた物が誤作動を起こしても、責任は持ちませんでね」

「ああ、了解した」

触ってもいいそうなので、呪いの魔道具をちょんちょんとつつく。

他の商品も見てみるが、どれも壊れていて使い物にはならない物ばかり。

「じぇんぶーこわりぇてんね（全部壊れてるね）」

と呟けば、

「ね～、なんで壊れた物ばっかりおいてるの～？　売れる？」

「ああ、滅多に売れやしませんがね、ここの場所取りを頼まれたんでさぁ。場所が空くと、すぐに他の奴に取られちまうんで暇な俺が呼び出されちまってね！　たまに見栄《みえ》を張りたい物好きが、家に飾っとくために買っていくこともありまさーね」

黄色い歯を見せニカッと笑う店主。

「なるほどね～。俺も趣味で魔道具を集めてるんだけど、これとこれなんかは見たことないやつだな～。いくら？　安ければ買おっかな～」

「ああ、ここに並んでる物は、全部２０００グリーでさ」

「安くない？」

「壊れてますんでねー」

「ん～、じゃあこれとこれと、ついでにこれも買っちゃおっかな！」

「へい、まいどあり！」

お会計も済ませ市場をあとにして、貴族街に続く大通り沿いにある小綺麗なカフェに入り、ちょっと休憩。

冒険者仕様の服なので、ちょっと奥まった席に案内されたけど、滲み出る高貴なオーラなのか入店拒否はされなかった。

低位の貴族も来る店なので、ちょっと心配したけどね。

席に着き注文を済ませ、ディーグリーがさっき買った魔道具を確認。

1つはシンプルな象牙色《ぞうげ》の腕輪、1つはシンプルで形は綺麗だけどちょっと汚れたハイヒール、1つは水晶みたいな石の填《は》まった髪飾り。

腕輪は内側に魔法陣が書かれてて、ちっさい魔石が付いていて、呪った相手の体力をどんどん低下させる呪い。

ハイヒールは、靴の裏側に魔法陣と魔石があって、履いてると何度も転ぶ呪い。

髪飾りは、台座の裏に魔法陣と魔石があって、髪が抜ける呪い。

今は壊れていて使えないけど、魔石を取り替えて魔法陣の消えかけたところを書き直せばまた使えるようになる。

呪いの魔道具になる前のもともとの作用は、正反対の魔道具だった様子。

なのでサクッと呪いを解いて、手持ちの魔石を付け替え、魔法陣を補強して本来の魔道具に戻した。

体力の回復する腕輪に、どんなに激しく動いてもこけないハイヒール、髪の艶が良くなり抜け毛予防になる髪飾り。

リィトリア王妃様にあげれば喜ばれるだろう。

「それにしても、壊れた魔道具が販売されてるとは思わなかった～！」

「そうだな、呪いの魔道具とは店主も気付いてなかったようだし、悪用されることはないだろうが、たまに覗いてみた方がいいかもしれん」

「そうですね。こんなにも簡単に修復できるのはケータ様くらいでしょうが、変に手を加えられても、始末に負えなくなるかもしれませんし」

「そうだね～。あの少年にも聖輝石とか使われてたらしいし、魔道具じゃなくても他にも方法があるのかもしれないし～」

「ええ、相手は人を人とも考えない外道ですから、何をするか分かったものではありません」

「見張りの影からによると、今のところクシュリア様へ危害を加えている様子はないそうだが、そろそろ自分に協力していた精霊が離れたことにも気付くだろうし、その後の行動には注意が必要だな」

「聖輝石をいくつも所持しているとは思いたくないですね」

「精霊も、力ある精霊なら神様の交代を感じられるって話だし、元女神に協力しても魔力は与えられないから、弱ってく一方だしね～」

「あとは、相手側に予想外の味方がいないかの確認だな」

「そうですね。聖輝石を直接魔道具にできるなど、普通では考えられないですし」

「相当な実力がないと無理だね～」

と言いながら、みんなして俺を見るのはなぜですか？

「けーた、やんにゃいよ？」

「誰もケータがやったとは言ってない。ただ、ケータなら同じことができる可能性があるだろうと思っただけだ」

「ん～、しぇーきしぇきてー、しぇじゅーたおしゃないと、てにはいんにゃいんれしょー？ かわいしょーよ？（んー、聖輝石って、聖獣倒さないと手に入らないんでしょ？ 可哀想よ？）」

「そうだな、ひどく残酷で罰当たりな行為だ」

アールスハインの言葉に全員が納得して頷いたところで、今度は本当に街の外で思う存分ボードを乗り回す約束をして別れた。

5章　フェンリル

午後は訓練場でアールスハインと助が訓練をするのをぼんやり眺めてたら、テイルスミヤ長官から呼び出されたので、シェルと共に魔法庁に行ったら、魔王な少年から取り出した聖輝石の魔道具が暗黒物質化してた！

「にゃにこりぇーー！」

「ああ！　ケータ様、すみません！　ちょっと目を離した隙に、ジャンディスがやらかしまして、勝手にバリアを壊して魔力を与えてみたところ、このような有り様に！」

もともと5センチくらいの聖輝石の魔道具が、渦を巻く凝縮された黒い靄の中心に浮かんでいる。

とりあえず黒い靄ごとバリアで覆い、バリア内を聖魔法で満たした。

バチチチヂチヂッと派手な音と光を発し、バリアの表面がボコボコとうねる。

なんだか危険な感じなので、さらにバリアを二重に重ねがけ。

バリア内の聖魔法の消費が激しい。

どんどん足しているが、バヂチヂチヂヂと反発するようにずっとスパークしてる。

そのうち内側のバリアがバチッと音を立てて壊れ、急いで追加のバリアを二重に張って、三重のバリアで包みこんだ。

時間にすると20分くらいだったろうか、暗黒物質化してた聖輝石はブスブスと表面を煮立たせるようにボコボコしていた周りの靄はほぼ消えてきて、バリアにかかる内圧もだいぶ減ってきた。

それでも油断せず聖魔法を満たし続ければ、プシューと気の抜けるような音と共に、聖輝石の状態が戻った。

ほっと安堵して、バリア１枚だけ残して解除すると、聖輝石本来のものだろう濃い紫の宝石のような石だけが残った。

「ああ、ありがとうございました！　私では手に負えなくて」

「にゃにがあったーの？」

「ええ、ジャンディスがこの聖輝石から魔力を全て吸い出せば、魔道具としての役割が消えるのではと考えたらしく、私の離れた隙にバリアを破壊して、他の空の魔石で魔力を吸い出したのですが、用意した魔石では足りなかったらしく補充にこの場を離れたようです」

「しょちてこーにゃった？（そしてこうなった？）」

「はい、申し訳ありません。私の聖魔法では押さえきれず、ケータ様に来ていただきました」

「じゃんでしゅはー？」

「隣の部屋で気絶しております」

「きぜぇつ？」

「聖輝石に魔力を吸われたようです」

「しょんなことあんにょー？」

「分かりません。私たちにとっても、聖輝石とは未知の物なので」

「しょんでー、しゃっきのが、あんきょくまほー？（そんで、さっきのが暗黒魔法？）」

「おそらく、そうだと思います」

「おー、まおーきゅん、よきゅたいたなー！（おー、魔王君、よく耐えたなー！）」

「ええ、確かに！　あの魔力に耐えうるとは、本当に信じられません！」

「にゃんかー、かりゃだちゅよくすりゅ、にょりょいって、ありゅの？（なんか、体強くする、呪いってあるの？）」

「体を強くする呪いですか？　聞いたことはありませんが、呪いにはさまざまな種類がありますし、彼は薬物の投与もされていたようなので、そちらの作用も考えられます。それでも耐えられたのは驚異的なことですが」

「しょっかー。んで、こりぇどーしゅりゅ？」

聖輝石を見ながら言えば、テイルスミヤ長官は困った顔をして、

「下手に魔力を流してしまえば、また同じことが起こるでしょうね」

とため息をついた。

なんとなく聖輝石を見てると、ザワッと鳥肌が立って、咄嗟に周囲にバリアを張った。

ズガリガリガリガリッ！

ものすごい音と衝撃のあと、天井が明るくなった。

驚いて見上げると、天井が半分なくなってて、なんか巨大な白い犬が空中に浮かんでた。

驚きすぎて声もなく見ていると、

『貴様らが我が子を奪い、害したのか？』

と声をかけてきた。

「わがきょ？」

『貴様は聖獣でありながら、我が子を手にかけたのか！』

肌がビリビリくるような怒りの籠った声で聞かれ、テイルスミヤ長官とシェルがその場に押さえ付けられたようにへたりこんだ。

ソラとハクも部屋の隅まで押しやられて動けなくなってるし！

この場で答えられるのは俺だけのようなので、震える体を叱咤して、

「ちなうよ！　わがきょ、あっちゃことにゃいよ！（違うよ！　我が子、会ったことないよ！）」

『何を言う！　そこにいるではないか！　それでもシラを切るか！』

腹にビリビリ来る声で怒られた。

そこ、と言われて気付いたのは聖輝石。

バリアごと掬《すく》うように持ち上げて、巨大犬に見せる。

「こにょこ？」

『そうだと言っている！』

「こにょこは、もちょめぎゃみーのしぇーよ！（この子は、元女神のせいよ！）」

『元女神？　今の奴にそのような力はない！』

「れも、こにょこちゅかって、まおーちゅくってた（でも、この子使って、魔王造ってた）」

『…………言い逃れのために、戯れ言をほざいているのではなかろうな？』

「まーどぎゅにしゃりぇてた（魔道具にされてた）」

『まどうぐとはなんだ？』

「まほーこめた、どーぎゅ（魔法を込めた、道具）」

『そのような物に我が子を使ったと!?』

「しょー」

『それならば、なぜ貴様の手にある！』

「まおーにゃるまえに、かいじゅーしたかりゃ（魔王になる前に、解呪したから）」

『本当に魔王にするための道具に使われたのか？』

いくらかやわらいだ声での問いに、

「よきゅみりゅと、しぇーきしぇきに、じーかいてりゅ（よく見ると、聖輝石に字が書いてある）」

さらに差し出して言えば、ゆっくりと近づいてきてバリア内の聖輝石を凝視する。

クワッと見開いた目を上空に向け、

『なんということだ！　これでは魂まで汚れてしまうではないか!!』

グワッと巨大犬の体から膨大な魔力が出て、空に向かってドウと飛んでいった。

その量は確かにこの巨大犬が聖獣であることが納得できる膨大な量だった。

「しょんでー、こりぇ、じーけしぇりゅ？（そんで、これ、字消せる？）」

『……………人間の文字など知らぬ』

「れもー、こにょままらと、あんきょくまほーあちゅめりゅどーぎゅのままよ？（でもこのままだと、暗黒魔法集める道具のままよ？）」

『暗黒魔法とは、もう人の世にはないものだろう？』

「もちょめぎゃみーなりゃ、ちってりゅよねー？（元女神なら、知ってるよね？）」

『…………確かに。ならばどうすれば我が子を助けられる？』

「むー、しぇーまほーれも、かいじゅーれきにゃくてー、ちゆまほーかけてみりゅね（んー、聖魔法でも解呪できなくて、治癒魔法かけてみるね）」

『我が子を助けるためならば、我の力も使っていいぞ』

「まーりょきゅは、らいじょーぶとももう」

ゆっくりとバリア内に治癒魔法を満たしていくと、中の聖輝石がクルクルと回転しだして、さらにフルフルと震えだす。

『ああ、我が子よ。そなたは強い子だ！　もうすぐ傷も癒えよう、もう少し耐えるのだぞ！』

巨大犬の言葉に頷くかのように一度縦揺れしたあと、さらにフルフルと震えながら回転する聖輝石。

どれくらいの時間だったのか、ずいぶん長くかかって、ゆっくりと溶けるように文字が消えて目視では見えなくなった頃、聖輝石がピカッと光って回転も震えも止まったので、魔法を止めてバリアも解いてみた。

『おお、おお、汚れが消えている！　姿を現せぬほど弱ってはいるが、汚れがすっかり消え失せた！　ああ！　小さき聖獣よ、感謝する！』

巨大犬が涙を流しながら聖輝石に頬擦りしている。

無事魔道具から解放できたようで何より！

巨大犬の体がビカッビカッと何度か強く光り、胸の辺りに強い光の玉が出現。

空中に浮かんでた聖輝石が、スイッとその光に近づき光を吸収した。

ピカッと目にくる光を発して、一瞬目を瞑《つむ》って開いた時には、その光のあった場所には小さな小さなフワッフワの白い毛玉がいた。

フワッフワの小さな毛玉は、テニスボールサイズ。巨大犬と比べてとても小さい。

『ああ、我が子よ。このように小さくなって。だがすまぬ、今の我ではそなたを元の大きさに戻してやるほどの力がない！』

グウウと呻いて俯く巨大犬に、小さい毛玉は額の辺りにすり寄って慰めるようにスリスリしている。

「まーりょきゅわけりゅ？」

一応提案してみたが、

『ありがたい申し出だが、肉体が弱っている今、過度の魔力を取り込めば、そなたの魔力に支配されてしまうだろう』

「にゃんでー、よわってんにょ？（なんで、弱ってんの？）」

『元女神がまだ女神だった頃に、我が子を差し出せと命を受けたが断った。それで力を大幅に削がれたのだ』

「もちょめぎゃみーの、もきゅてちは？（元女神の、目的は？）」

『かわいいから寄越せと』

「うあー」

『聖獣として他の神々にお会いすることもあり、元女神の性質は良くないと思っていたので、あまり近寄らないようにしていたのだが、さすがに神の力を以て向かって来られれば、なす術もなく、我が肉体と共に我が子を奪われてしまった。しかし聖獣とはいえ、子供の頃ならば成長は早い。愛でるためだけに奪ったならば、成長した我が子には興味も失せるだろうと、その間に力を付けようと、聖域で体を癒やしていたのだが、女神が神の座を追われたことを感じ取り、我が子を探してみれば、我が子の魔力が地上から感じられる。しかもその魔力は、以前のものとは比べられぬほど歪められていた！　何事が起きたのか確かめに参ったら、このような事態だった。あの時、我が子を命がけで守っていれば、いらぬ痛みを我が子に与えずに済んだものを！』

ひどく後悔し、怒りを露わにする巨大犬。

よくよく見てみれば、その体は完全には癒えていないのか、輪郭が時々ぶれるように滲んでいる。いまだ本調子ではないのだろう。

『小さき聖獣よ。我が子を助けてくれたこと、心から感謝する』

「いーよー、もちょめぎゃみーきりゃいだち（いーよー、元女神嫌いだし）」

『はは！　我も元女神は嫌悪するが、次に会った時は容赦せん！』

「れも、しょのまえーに、かりゃだなおしゃないとねー（でも、その前に、体治さないとね）」

『そうだな、このままでは満足に我が子を守ることもできぬ』

「かりゃだなおりゅの、どりぇくらいかきゃる？（体治るの、どれくらいかかる？）」

『そうさな、人の時にして10年ほどか？　それくらいあれば、肉体は安定するだろう。だが我が子の成長のためには、聖域に籠りっぱなしではいられぬから、30年ほども経てば聖獣として最低限の力を取り戻せよう』

「んー、したらー、こにょこあじゅかりゅ？　またもちょめぎゃみーにねにゃわれると、まもりゅのたーへんれしょ？（んー、そしたら、この子預かる？　また元女神に狙われると、守るの大変でしょ？）」

『…………奴にそのような力はないだろうが、何をするか想像も付かぬ奴でもあるのは確か。今の我よりも、そなたの方が遥かに力があるのも確か。頼んでもよいのか？』

「いーよー、こにょこちったいし、ごはんはーまーりょきゅでいい？（いいよ、この子ちっちゃいし、ご飯は魔力でいい?)」

『ああ、それはありがたい! 聖獣の魔力を糧《かて》にすれば、我が子の成長も順調に進むだろう! だが、そなたに苦労をかけるばかりでは申し訳ない。何か我にできることはないか?』

「んー、こにょこがもちょめぎゃみーに、ちゅかまりゅと、こっちもたーへんらからくろーじゃにゃいけろー、しぇかいじゅーのみ、みちゅけたりゃ、ほちーかな? (んー、この子が元女神に捕まると、こっちも大変だから、苦労ではないけど、世界樹の実、見つけたら欲しいかな?)」

『なんだ、そんなことならホレ、我が子の成長のために取っておいた実がいくつもある。我が子に与えるにはまだまだ早いが、そなたにならばすぐに与えてもよかろう! だが一度にいくつも食してはならんぞ! 体に馴染んでからしばらくは間を置いて、次の実を食さねばならん。一度に成長しすぎれば、魔力が歪むからな!』

親の顔で注意されながら、5個の実をもらいました! 世界樹の実、あっさりGETだぜ!

「ありあとー! こにょこは、だいじーにあじゅかりゅよー! (ありがとう! この子は、大事に預かるよ!)」

『ああ、頼む! 我も1日も早く体を癒やし、我が子を迎えに来られるように努めよう! 我が子よ、それまでこの小さき聖獣の言うことを良く聞いて、危ないことには近づいてはならんぞ！』

「こにょこの、にゃまえはー？」

『我々聖獣に名はないが？』

「しょーなのー？　にゃまえにゃいと、ふべんらい？（そーなの？　名前ないと、不便じゃない？）」

『特に不自由は感じておらぬが、必要ならばそなたが付ければよい』

「しょー」

聖獣に名前はないそうです。

基本1匹で好き勝手生きてるので、他の聖獣とはあまり交流はないみたい。

しかも聖獣の本体は実は聖輝石で、聖輝石が無事なら肉体がどんなに破損しても、時間はかかるけど再生するそうです！

なんという不思議生物！　俺もらしいけど！

巨大犬聖獣は、最後に我が子をベロベロしてから空へと消えてった。

残された子供を見ると、ただの毛玉ではなく、モッコモコの毛のポメラニアン的なワンコでした！　円《つぶ》らな瞳が愛らしい！

「よーしきゅー」

「キャン！」

うん、とてもかわいい！　将来あんな巨大犬になるのか疑問なほどかわいいワンコだが、よくよく見れば脚はしっかり太く、牙も何気に鋭く尖《とが》っている。

まぁ、今はかわいいばかりのワンコだけどね！

俺がワンコと戯れているとテイルスミヤ長官が、

「ケータ様、ええと、先ほどの聖獣は私の見間違いでなければ、フェンリルだと思うのですが、その子を簡単に預かってしまってよかったんですか？」

「ふぇんでぃゆ？　こにょこのおやはー、ちかりゃがもどってにゃいからー、あじゅかったよー？」

「力が戻ってないとは、なぜですか？　聖獣同士での戦いでもあったのですか？」

「んーん、こにょこを、もちょめぎゃみーがほちがってー、めーれーに、しゃからったんらって。きこーにゃかった？（ううん、この子を、元女神が欲しがって、命令に、逆らったんだって。聞こえなかった？）」

「あいにく聖獣の言葉は私には理解できませんでしたが、そうですか、元女神に逆らって存在を消されることもなく、力を削がれただけで済んだのですか。聖獣とは、やはりすごい存在なのですね！」

キラキラした目で見てくるけど、俺ってそんな存在なんですかね？

「………それにしても、この聖獣を元女神が欲しがったというのは、魔王にするためだったのでしょうか？」

「かーいーかりゃ、よこしぇって（かわいいから、寄越せって）」

「かーいー、かわいいから寄越せと？　それはあまりに非情！　それで元女神に逆らったのですね？　それは当然のことですね。しかし元女神は、女神の座を追われても、改心せずに新たな魔王を造ろうとするなど、本当に性根がねじまがっていますね！」

「しょーねー、まえーのまおーが、ちっぱいちてんだきゃら、もーやめりぇばよかったーにょに、バカねー（そーねー、前の魔王が失敗してるんだから、もう止めればよかったのに、バカねー）」

「ええ、全くです！」

会話が一段落したので、さて問題です！　さっきもらったこの世界樹の実をどうやって食べたらいいでしょう？

「ミヤちょーかん、こりぇ、たびらりるの？（ミヤ長官、これ、食べられるの？）」

「これは、先ほどのフェンリルから渡された物ですね？　これを食べるのですか？」

見た目は虹色だけど透明な、ビー玉の中に綺麗な花が入ってる感じの、ガラスに見えるカッチカチの玉。

「しぇかいじゅーのみ、たびるとしぇーちょーしゅるる（世界樹の実、食べると成長する）」

「しぇかい？　世界樹の実ですか!?　それは希少な物を！　私も初めて見ました！　精霊族は世界樹の実の欠片を食すと聞いたことはありますが、聖獣も世界樹の実を食べるのですか？」

「まえにーあっちゃ、しぇーりぇーが、しぇかいじゅーのみたべにゃいから、しぇーちょーちないのよ！　ってー（前に会った、精霊が、世界樹の実食べないから、成長しないのよ！　って）」

「ほう、聖獣は世界樹の実を食べないと成長しないのですか？　では、この子も？」

テイルスミヤ長官がポメラニアン的なワンコを示すので、

「こにょこには、まだはやいっちぇー（この子には、まだ早いって）」

「そうなんですか、ずいぶん小さいですものね」

テイルスミヤ長官の指摘が気に入らなかったのか、キャンキャン吠《ほ》えて抗議しているが、かわいいだけである。

「んー、かたしょーね」

「そうですね。とても綺麗ですが、食べ物には見えませんね」

「たびてみりゅか！」

「体に害はないでしょうから食べるのは止めませんが、見ていてもいいですか？」

「どーじょー」

それでは、いただきます！

パクっと口に入れると、俺の口にはかなり大きなサイズだったけど、なんとか口に収まった。

モゴモゴと味わってみると、仄《ほの》かな甘味と花の香り。

噛んでみたけど全く歯が立たなくて、モゴモゴ舐《な》め続けるしかできない。

飴《あめ》だと思って舐めてたら、背中の辺りがほんのり温かくなってきた。

世界樹の実を一旦口から出して、

「ミヤちょーかん、しぇなかポカポカしゅる」

と訴えてみた。

実が入ったままだと喋れないからね！

テイルスミヤ長官が服を脱がせてくれて、背中を確認してくれる。

再度実を口に入れてモゴモゴ。

「おおお、ケータ様！　ケータ様の聖輝石がうっすらと輝いていますよ！」

「ふぇー」

そのまま半裸でモゴモゴしてると、やはり体がポカポカしてる。

本物の飴のように口内で溶けて、半分くらいの大きさになったところでフワッと体が光った！

俺の背中をずっと観察してたテイルスミヤ長官は、

「おおおお！　ケータ様！　聖輝石が一回り大きくなりました！　あと羽も！」

大興奮してますが、見えません！

30分くらいかけて、やっと舐め終わった世界樹の実。

なのに、自分の体が大きくなった実感がまるでないんですけど⁉

聖輝石が大きくなっても、体が成長しなくては意味がないのでは？　それとも徐々に大きくなるのだろうか？

「しぇーちょーちないね？」

「聖輝石は一回り大きくなっているので、徐々に体に馴染むのではないですか？」

「んー、よーしゅみりゅ」

「それがいいと思います」

テイルスミヤ長官がまた服を着せてくれたので、しばらくは様子見となりました。

やっとそこで、フェンリルという巨大犬聖獣の魔力に当てられてクラクラしてたシェルが復活してきて、

「ああ、突然のことでひどい目にあいました」

と頭を振って起きだした。

「突然、高魔力に当てられて魔力酔いを起こしたのでしょう。しばらくは酩酊感が抜けないかもしれませんが、幸い聖獣の魔力は純粋な魔力なので、後遺症は残らないでしょう」

魔力酔いとは自分の許容範囲以上の魔力を浴びると起こるもので、一時的に前後不覚のように酔っ払ったみたいになるそうです。

フェンリルの巨大な魔力は、最初敵意剥き出しでこっちに向けられてたので、まともに当てられてしまったらしい。

テイルスミヤ長官の方が、魔力が多いので復活も早かった模様。

俺が咄嗟に張ったバリアのお陰でもあったらしいけどね！

ぼんやりふらつくシェル、聖獣を間近で見て興奮気味のテイルスミヤ長官、世界樹の実を食べたのに成長を感じられず、不服な俺。

3人でモソモソ話していたら、ズガンとドアが蹴破られて、ドドドゥと将軍さんを筆頭に騎士たちが雪崩《なだ》れ込んできた。

その手にはそれぞれの武器があり、魔法庁職員が魔法の詠唱（？）とやらをブツブツ唱えて、いつでも撃てるようにしている。

いくら部屋が広いとはいえ、雪崩れ込むほどの人数が一気に入ってくれば、かなり狭く感じる。

騎士たちは漏れなくマッチョなうえに、鎧を着てるし。

ポカーンと3人で見てたら、眼光鋭く周りを見回してた将軍さんが、

「敵は!?」

と聞いてきた。

慌ててテイルスミヤ長官が、

「敵ではありません！　先ほどまでここにいたのは、聖獣のフェンリルです！　ですが、もう話し合いは済んで、危険はありません！」

テイルスミヤ長官の言葉に、将軍さんの肩から力が抜ける。

ふぅーーーと長いため息のあとに、

「フェンリルっつーのは、600年前に目撃情報のあった聖獣だったか？」

「ええ、伝承の中では比較的出てくる名前ですね」

「その伝承の生き物が襲撃してきて、誰一人怪我もなく無事だったのか？」

「ケータ様が咄嗟にバリアを張ってくださったので、無事に済みました。ただ、シェルと私は魔力に当てられて、フェンリルのいる時は言葉一つ話せませんでしたが」

「………………この天井を見るに、力は相当なものだったろうな」

「そうですね。ですが今のフェンリルは万全ではなかったようで、しばらくは聖域に籠って体

調の回復に努めるそうです」

「魔法防御の高い魔法庁の建物を一撃で削る脅力《りょりょく》を持ってなお、万全ではないのか。聖獣とは計りしれんな！」

天井から視線をこっちに持ってきてるけど、俺には無理ですよ？　魔法ならいける？

「まあ、無事でよかった！　とりあえず天井の修理が終わるまではバリアでも張っときゃいいだろう。まずは報告だな！　てことで解散！」

武器をしまって手持ち無沙汰に部屋を見回してた騎士たちが部屋を出ていき、何人かの魔法庁職員が部屋に入ってきて、天井の状態を調べ始めた。

聖獣の痕跡がないかと、真剣に瓦礫を避けている。

まだクラクラしてるシェルを部屋に戻し、将軍さんとテイルスミヤ長官と一緒に、王様の執務室に向かう。

何人かの魔法庁職員と職人さんぽい人とすれ違いながら、テイルスミヤ長官が普通に歩いているので、大事にはならなかったことが分かり、皆が一様にホッとした顔をしていた。

王様執務室には、イングリードと宰相さんも既にいて、ソファでお茶を飲んでいた。

席に着いてデュランさんの出してくれたお茶を一口飲んだところで、

「で？　何がどうなったら魔法庁の天井が吹っ飛ぶ事態になった？」

宰相さんの言葉に、

「聖獣のフェンリルが、元女神に奪われた我が子を奪還に来ました。フェンリルの子とは、先日ケータ様たちが発見した魔王にされそうになっていた、少年の背に埋められていた聖輝石のことです」

「聖輝石の状態で我が子と分かるものなのか？」

「そうなのでしょう、だからこそこの場に現れたのでしょうから」

あれ？　テイルスミヤ長官はフェンリルとの会話が聞こえなかったんだっけ？

「しぇーじゅーのほんたいは、しぇーきしぇきらってー（聖獣の本体は、聖輝石だって）」

「えええ！　ケータ様、それは本当ですか？！」

「しょーゆってたよ？　しぇーきしぇきぶじらら、ふっかちゅしゅるるって（そう言ってたよ？　聖輝石無事なら、復活するって）」

「おおお、それはすごいですね！　ああ、だからフェンリルの子も復活できたのですね!?」

「ねー、まだちったいけろねー」

抱っこしてるポメラニアン的な聖獣を撫でていると、

「…………聞き間違いでなければ、フェンリルの子、と聞こえたのだが？」

「しょー、ふぇんでぃゆのころもー（そー、フェンリルの子供）」

皆さんにもお披露目《ひろめ》しました。

両脇を持たれて皆の方に向けられたポメラニアン的な聖獣は、元気良くキャン！　と挨拶するように鳴いた。

「聖獣、なのか？　ずいぶんとかわいらしいが」

「まおーしゃれそーなって、よわってーね。あと、おかーしゃんもよわってーかりゃ、ちかりゃわきぇらりないかったー（魔王にされそうになって弱ってるね。あと、お母さんも弱ってるから、力分けられなかった）」

「フェンリルの母が弱っているとは？」

「もちょめぎゃみーかりゃ、まもりゅために、ちきゃりゃよわったちぇー（元女神から、守るために、力弱ったって）」

「元女神がフェンリルの子を奪う際に、抵抗して力を削がれたそうです」

「なぜ子供を奪ったのだ？」

「……愛でるためだそうです」

「「「……………」」」

「それに抵抗して、力が弱ったのか」

「元女神の性質が悪いことは承知していたそうなので、すぐに飽きるだろうと、力を取り戻すために聖域で体を癒やしていたところ、神々の交代を感じ取り、我が子を探し、地上にいることが判明。しかもその魔力はひどく歪められたものに変質していたと、急ぎ駆けつけたのが今回の騒動です」

「歪みとは魔王にするために、暗黒魔法の魔道具にされたからか？　どうやって治した？　フェンリルなら可能なのか？」

「いえ、それはケータ様が。聖魔法では無理でしたが、治癒魔法が効きました」

皆に注目されました。

「それでなんで、フェンリルの子を預かる話になってんだ？」

将軍さんがポメラニアン的な聖獣を見ながら聞いてきたのに、

「ママしぇーじゅーよわってーかりゃ、ちかりゃもどうまで、あじゅかった（ママ聖獣弱ってるから、力戻るまで、預かった）」

「そこまで弱ってんのか？」

「しょー、かりゃだたもちゅのギリギリ。こにょこに、ちかりゃわけりゃりぇにゃかった（そー、体保つのギリギリ。この子に、力分けれなかった）」

「体を保つのがやっとの状態で、我が子に力を与えたのか。そりゃ相当弱ってんな」

「しょー、まもりゅのたーへん、また、もちょめぎゃみーくりゅのは、むずかちーけろ、ぜったいららいかりゃ、しょのあいだケータがまもりゅよ！（そう、守るの大変、また元女神来るのは難しいだろうけど、絶対じゃないから、その間けーた守るよ！）」

「そうか、確り守ってやれよ！」

将軍さんに頭をグリグリ撫でられた。

「それにしても、本当にろくでなしだな！　元女神」

イングリードが再確認のように言えば、全員が頷く。

「現状では元王妃の逃亡を助けた罪しか問えないのがなんとももどかしい」

宰相さんの声に、

「だから今泳がせてんだろうが！　次に何かやれば、速攻捕らえて重罪を科してやる！」

「それにしても、人間に落とされたあとになって聖輝石を魔道具にするなど、一体どうやったのか？」

「女神だった頃に造ってた魔王は、新たなる神によって途中で止められたのだろう？」

「しょーゆってたよ」

「ならばどうやって？　学園での成績から見ても、あまり優秀ではないように思うが」

「元とは言え、女神としての知識でしょうか？」

「それは、女神としての力があればこそそのものだろう？　そもそも魔道具を作る知識なんかねーだろーし」

「元魔道具職人も調べた方がいいだろうか？」

「あー、いたな、そう言えばろくでなしが！」

「ああ、彼ですか。大層な野望を持って、大言壮語していた。ですが彼では魔力が圧倒的に足りません」

「それを一時的に精霊が力を貸せば？」

「！　なるほど、それならば、あるいは！　すぐに彼の所在を調べます！」

「退庁してからずいぶんと経っているだろう？　調べられるのか？」

「もともと魔法庁にいた頃から、彼の思想は危険視されていたので、その後の足取りなどは兵士の監視下に置かれていました。魔王にされそうになっていた少年は、ひと月ほど前に聖輝石を埋められたそうですから、ここ３カ月ほどの行動の確認を行えれば、彼が関わっていたかどうかは分かると思います」

「おう、なら兵士への確認は俺が行こう！」

「確認が取れ次第、また話し合おう」

と王様のまとめで解散。

部屋を出ようとしたら、

「ケータ様、そのフェンリルの子のことは妖獣として公表しますので、くれぐれも聖獣であることは内密に！」

「あーい」

攫われては大変だからね！

さて、ではどうしましょう？

シェルがいないので、ソラに大きくなってもらってお城の散歩でもしますかね！

ソラに股がり廊下をタッタカ走る。

ソラの頭の上にはハクが、ソラの毛を掴む俺の手の間にはポメラニアン的な聖獣が。

何を言ってるかは分からないけど、ご機嫌に尻尾を振りながらキャンキャン鳴いている。

すれ違う人たちがみんなして微笑ましい目を向けてくるけど、それもこの頃は慣れたので気にならなくなった。

行き先はソラ任せ。

ソラに揺られながら、ポメラニアン的な聖獣の名前を考えている。

「にぇーにぇー、ちみはおときょのこ？　おにゃのこ？（ねーねー、君は男の子？　女の子？）」

「キャン」

「おときょのこ？」

「キャン！」

「おにゃのこ？」

男の子の時には元気にお返事、女の子の時にはドリルのように体全体でブルブルする。

「おときょのこかー、ピョメ、メリヤ、ニアン、ラニアン」

「ヴー、ヴー、ヴー、キャン！」

俺が適当に述べた名前に反応して、唸ったり鳴いたりで意思表示をする。

言葉は通じてる様子。

名前はラニアンで決まりました。

「ラニアン？」

「キャン！」

「ラニアンよーしきゅー！」

「キャンキャン！」

頭を腹にグリグリされました。

とてもかわいい！　ハクも触手を伸ばしてラニアンを撫でているし、ソラもご機嫌にゴロゴロと喉を鳴らしている。

仲良くできそうで何よりです。

◆◇◆◇◆

おはようございます。

今日の天気は快晴です。

いつものように起きて、準備体操と発声練習をしていると違和感が。

何が違うのかを考えながらも続けていると、終わりの頃にやっと違和感の正体に気付きました。

いつも寝巻きに使っている踝《くるぶし》丈の白いワンピースが、膝上丈になっていた。

あれ？　俺の体成長した？

身体強化でピョーンとベッドを飛び降りて窓際に向かう。

この世界に来て、最初に自分の姿を確認した大きな窓に自分の姿を映してみる。

いくつかに仕切られた窓のサンで、自分の身長を測る。

窓のサンは1つが40センチないくらい。

昨日までの俺は、窓のサンと頭の高さが同じだった。

今の俺は、窓のサンよりちょっとだけ高い目線。

昨日の今日で15センチほど身長が伸びてますな。

昨日食べた世界樹の実のおかげだろうけど、もうちょっと伸びてもいいと思うの。

メチャメチャレアな実なんだから、こう、もう少し劇的な効果があると期待してたんですがね。

窓の前でウムウムしてたら足元に毛玉が。

足に絡むように身を擦り寄せるラニアンが、挨拶なのかキャンキャンご機嫌に鳴いている。

そうね。身長のことは気にしても仕方ないので、諦めましょう。

まだ世界樹の実は残ってるし、今後に期待！

ラニアンとソラとハクに魔力玉を食わせていると、シェルが部屋に入ってきて着替えを手伝ってくれた。

「おや、ケータ様。少々身長が伸びましたね？」

「しょーね、しぇかいじゅのみー、たびたからね」

「言葉も少し変わられましたか？」

「そりはわかんない」

「ああ、多少改善されてるようだな？」

アールスハインまでが言ってくるので、そうなのだろう。自分では分かんないけど。

幼児の服はゆとりを持たせた作りなので、まだ今までの服で大丈夫そう。捲っていた裾を1つ伸ばせば事足りる。

聖獣なので重さは変わらないらしいし。

まだまだ手も足もちっさい幼児のまま、この大きさだと幼児ってより乳児だけど。

一体前世の身長になるまでに、どれだけの時間がかかることやら。

着替えと洗顔を済ませリビングに行くと、クレモアナ姫様と双子王子が既に着席していて、

「おはよう、アールスハイン、ケータ様。今日は一緒に朝食をいただくわね！」

「「おはよーございます！」」

「おはよー」

「おはようございます、モアナ姉様、カルロ、ネルロ。珍しい組み合わせですね？」

「わたくしにもたまには癒やしが必要ですわ！　カルロもネルロもかわいいですが、元気が良すぎて癒やしにはなかなかなってくれませんの」

フフッと笑うクレモアナ姫様は朝から身嗜みも完璧なお姫様だが、見た目では分からない疲れが溜まっているようです。

アールスハインも俺も席に着いて早速朝食。

双子王子が、昨日の晩餐にいなかったクレモアナ姫様に自分たちの行動の報告、あと今日の

予定の報告をしてる。

最近の双子王子は、お城の庭の探検に忙しいらしい。見習い庭師を引っ張って、食べられる実を探したり、綺麗な花を王妃様や姫様に届けるのがブームになっているらしい。

王族の居住エリアからは出ていないので、好きにさせてもらえている。

朝食が終わっても、ソファでお茶を飲みながら寛《くつろ》いでいる。

その間ずっと俺を抱っこして、ラニアンとソラを撫で回している。

双子王子は大きくなったハクを相手にワチャワチャしてる。

しばらくのんびりすると、

「あああーー癒やされた！　ありがとう、皆！　では、仕事をしてきますわ！」

兄弟と俺の頬っぺたにチュッとして、颯爽《さっそう》と部屋を出ていった。

アールスハインにまでチュッとしてったので、苦笑して口紅の付いた頬っぺたを拭いてた。

ついでに俺たちの頬っぺたも拭いてくれた。

双子王子も専任のメイドさんに連れられて部屋を出ていき、アールスハインと城の外へ向かう。

今日は王都の外へ出て、思う存分ボードを飛ばす約束の日である。

アールスハイン、助、シェルと共に城門からボードに乗って街門へ。

途中でディーグリーが合流、街門のところでユーグラムと合流して街から出る。

門を潜ってしばらく歩いたあと、街道から草原に入り、ボードに乗って飛び始める。

特に目的地もなく、ただただ飛ぶことを楽しむ。

夏だけどそんなにジリジリしないし、水分補給は休憩の時だけで足りる。

ディーグリーは高く高く飛んで急降下してくるのが好きで、アールスハインは無駄に回転や捻《ひね》りを入れるのが好き。助は速く飛ぶのが好きで、ユーグラムはなんかやたら優雅に両手を広げて飛んでたりする。

シェルは、小刻みな軌道でアクロバティックに飛んでる。

楽しそうで何より。

滅多に見ない16歳男子らしい無邪気な顔をしてる。

普段はやっぱり多少は緊張というか、気を張ってる部分があるのか、無邪気に笑う顔は年相応で微笑ましい。

そこに同じ年の助が混ざってんのは複雑だけどね！　もともと奴はお調子者なところがあるし、不自然ではないのがまた。

ソラもハクもラニアンも草原をワサワサ走り回って遊んでるし、とても平和。

暇な俺は少年たちに交ざることもなく、草原に出る虫魔物を狩っております。

たまに出てくる兎《うさぎ》や鼠《ねずみ》の魔物は、美味しくないのでスルーします。

自分の背丈と同じ高さの草を掻き分け、黒い靄を求めて歩き回る。

たまには空を飛ばずに歩くのもいいもの。

効率は非常に悪いけど、今日のはただの暇潰しだからね！

スライムもいるけど、こっちから攻撃しなければ無害なので放置。

たまに肉体強化を使いながらズンズン進む。

バリアを張っているので汚れることも気にせずに、草で指を切ったりもしない。

こんな時には鉈《なた》が欲しい。

幼児な手に合う武器をください！

さすがにシェルでも、幼児な俺のマジックバッグの中に武器になりそうな物は詰めてない。

俺の持ってる唯一の武器らしき物は、前世からの持ち込みの文房具の中のカッターくらい。

草を掻き分け前人未到の地を歩いてる気分で1人盛り上がってたので、試しにカッターを装備。

チキチキとカッターの刃を出して、目の前の草に切り付ける。

スラッと音もなく切れる草の束。

………………切れ味良すぎない？

カッターって、実は恐ろしい武器だった？

確認のためにもう一度。

スラッと音もなく切れる草と兎魔物の角。

突然角を切られた兎魔物も、驚きのあまり固まる。しばし見つめ合う俺と兎魔物。

先に我を取り戻したのは兎魔物。

正に脱兎《だっと》のごとく一目散に逃げていった。

残された角を拾い強度を確かめる。

……………固いよね。

その角にカッターを当てて、スラッと切る。

とても薄くスライスが可能でした。

恐ろしい武器を手に入れてしまった！

しかも替え刃もまだ買ったばかりなので、結構持っている。

ふむ、幼児の手にもジャストフィットだし、俺の武器としては素晴らしい。

カッターを振り回す幼児って、ホラー以外の何ものでもないけど！　絵面は考えない方向で！

武器を手に、草を切り飛ばしながらズンズン進む。

俺の通ったあとの道が、獣道みたいになってるが、まあいいだろう。

しばらく進むと大きめの岩を発見。

カッター片手に気分アゲアゲの俺は、何を思ったか岩に切りかかった。

スラッと切れる岩。

切り口もとても滑らか。

カッターには刃こぼれ一つない。

テレテテッテレー！

ケータは最強の武器を手に入れた。

いつか四男秀太と甥っ子がやっていたゲームの音を思い出しながら、切り口滑らかな岩の上に腰かけて1人ご満悦でいたら、空を飛んでた助が急降下してきて、

「ケータさん、今君は何をしたのかな？」

と尋ねてくるので、

「いわきったー、さいきょーのぶちをてにいでたー！（岩切ったー、最強の武器を手に入れたー！）」

ジャーンとカッターを掲げて見せれば、こめかみを押さえた助が、

「ケータさんや、普通カッターで岩は切れないのよ？」

「きでたんだから、しゃーないよ、うしゃぎのつのもきでたし！（切れたんだから、しゃーないよ、兎の角も切れたし！）」

兎魔物の角を薄くスライスして見せたら、無言になった助。

「男の子だから武器に憧れる気持ちは分かるけど、もう少し穏やかな武器はなかったの?」

「よーじにぶちは、もたせらりないんららい? (幼児に武器は、持たせられないんじゃない?)」

「そうね! だからって、なんでそんなに物騒な武器を持ち出したかなー?」

「ぜんせーかだのもちこし(前世からの持ち越し)」

「あー、性能が異常なのは、神の世界に埋まってたせいってこと?」

「たびゅん? よーじのてーにも、ぴったし!」

「…………そうなんだけどさ、幼児がカッター振り回すって、ホラー以外の何ものでもないから! 怖いから! しかもやたら切れ味いいし! そのカッター、俺の剣より切れ味良さそう!」

「かえばもあるよ」

「……ふー、双子王子の前では絶対出すなよ!」

「うん」

「なら、俺はもう何も言わないことにする」

「うん」

「でだ、ケータさんよ、そのカッターって魔法剣にもなったりするのかね?」

「おお！　ためちてなかったー。やってみどぅ」

シャキンと構えたカッターに、魔力を流す。

無尽蔵な魔力で火魔法は怖いし、雷魔法は威力がヤバそう。なので、ここは安全に水の魔法で！

カッターに水の刃を纏わせるイメージ。

俺の握ったカッターに水の膜ができて、カッターの周りを水が高速回転している、何かドリルみたいな物が完成。

何か違う。これではサクッと獲物が切れませぬ！

それでも一応岩に当ててみると、ガガガガガと岩を削りました。

これはこれでいつか使い道があるのかもしれないけど、イメージとは違うのでやり直し。

イメージしたのは、切れ味鋭い日本刀。

脳内で前世の博物館で見た、日本刀のイメージを固める。

目を開いて手元を見ると、水が揺らめく美しい日本刀の完成。

中心にカッターが埋まってるけど、ほぼイメージ通り！

切れ味はどうですか？

岩に当てた剣が、豆腐を切るより簡単に岩を両断した。

おお！　成功のようです！

助にドヤ顔して、カッターを掲げて見せれば、
奴は顔を両手で押さえてしゃがみ込んでいた。

「にゃによー、たすくがやれっていったれしょー」

「そんなに物騒な武器を作れとは言ってない！　何それ怖い！　切れすぎ！　間違って近くに寄ったら両断されそう！」

「そりはだいじょーぶ、きでぃたいものだけきどぅやつ！（それは大丈夫、切りたい物だけ切るやつ！）」

ドヤ顔で言ってみたが疑いの目を向けられたので、自分の手に魔法剣を当てれば、ビシャッと濡れただけで傷一つ付きません！

またもやドヤ顔してやったら、

「…………うん、俺が悪かった。だから周りに人がいるときは、その剣使うの禁止ね！　周りの人が驚きすぎて戦意失うから！」

「しぇ、せっかくーうまくいったーのに？」

「上手くいきすぎだよね！　昔そんな伝説の剣をアニメで見た覚えがあるよ！　やめてよ、そういう怖いの作るのー」

「アニメはー、知らんけど、あんじぇんだいちーよ！」

「切れ味が問題です！」

「そりはケータのせーらーらいです」

「無責任！　少年たちが影響受けて、規格外に育ってるでしょう！」

「ちゅよくてあんぜーん、だいじょー（強くて安全、大事よー）」

「まーそうなんだけどさ、その辺ケータは安全には人一倍慎重なのは知ってるけど！　もうちょっとこの世界の常識を学ぼうね！」

結局、説教されて終了しました。

まぁ、俺が武器を振り回す出番なんて、そうそうないだろうしね。

お昼は草原で串に刺した肉を皆で焼いて食べました。

助の肉が、焼き加減が完璧なのに味が最悪で、ユーグラムの肉が表面黒焦げなのに中が生っていう謎の焼き加減になってたこと以外は、ただただ遊び倒した1日でした。

たまにはこんな日もいいよね！

草原にたまにある岩を微塵切りにして、怒られたけどね！

6章　海に来ました

おはようございます。

今日の天気は薄曇りです。

突然ですが、

「うーーみーーー！！！」

肉体強化まで使って、目の前の海に向かってテテテテテと走り、ダッパーンと飛び込む。

後ろから何やら言ってきていたが、テンション上がりすぎて、聞こえなかった。

異世界の海は環境汚染がないせいか、どこまでも青く、それはそれは美しかった。

つい感動のあまり、馬車が止まった途端駆け出して飛び込んでしまうほどに！

だが、油断してはいけなかった！

異世界の海は、波打ち際から3メートルほど行ったら、突然深くなっていた！

ガボガボと沈んで、慌ててバリアを張ると、バリア越しに衝撃！

何事？　と思って振り向くと、そこには巨大な蟹《かに》がハサミを振り上げ、こちらを攻撃しようと構えているところだった！

デカイ！　青い！　脚が多い！

畳二畳分くらいの大きさに、全体が青く、脚が20本くらいある蟹！

それが巨大なハサミで攻撃しようとして、こっちに向かってくる！

脚が多いせいか、横だけでなく前にも進める様子。

だが、俺が最初に思ったのは、恐怖でも驚きでもなく食欲だった。う～ま～そ～！

この世界に来て1年、魚は何度か食べたけど、蟹は食べてない！　魚介類に飢えてた俺は、助に止められてたにもかかわらず、スチャッとカッターを出し、水魔法を纏わせて日本刀モドキに仕立て、巨大蟹のハサミを掻い潜り縦に真っ二つに切ってやった！

すかさずマジックバッグに収納し、ゆっくりと浮上。

海上に出て、バリアごと砂浜に立つと、ムニッと頬っぺたを摘まれた。

「けーいーたー！　お前は！　何やってんの!?　双子王子が真似したら危険だろうが！」

「ふぇんしょーあがっかっか！」

「テンション上がっちゃうのは分かるけど！　子供の前で危険行為は控えなさい！」

「うぇーい、ごめちゃーい」

周りの皆が苦笑するなか、助に説教されてしまった。

散々ムニムニされた頬っぺたが熱を持つ。

見た目だけは幼児なので、双子王子は助の説教に首を傾げてるけど。

なぜ俺たちが海に来たかと言えば、理由は簡単。

閉じ込められた双子王子が爆発したからだ。

王族専用の建物だけでも、当然広大な敷地があるのだが、いつも城中を好き勝手に走り回る双子王子にしてみれば、範囲を限定されるのは我慢ならないことだったらしく、ある日、秘密の通路から城下への脱出を試みた。

結果は失敗に終わり、通路の中で迷子になって2人してギャン泣きしているところを、デュランさんに発見されたそうだ。

双子王子は王様と王妃様と姫様にこっぴどく叱られたが、その後も懲りずにまた、お付きのメイドを振り切って秘密通路の探索をしていた。

怒られても懲りない2人に、ストレスを感じているのだろうと、発散させるべく海辺の別荘に行くことになった。

引率は特に仕事のないアールスハイン。

アールスハインの誘いで、ユーグラムとディーグリー、俺と助とシェルも当然同行。

あとは双子王子と、双子王子専属のメイドさんが3人、いずれ双子王子の侍従になる候補の5人の貴族子息な少年。

お城を出て東の街門を通り、里山的な森の脇を抜けてさらに東に。３日ほど馬車に揺られて辿り着いたのが、海辺にある王家所有の別荘。

滞在は３日ほど。

途中で泊まった高級宿の食事が、悉く食えなかった俺は飢えていた。

部屋でこっそり芋とかは食ったけど、飢えていた。

ついつい海を見てテンション上がっちゃうくらいには。

一通り説教されて、悪い見本のように子供たちに説明されて、別荘に到着。

早朝に宿を出て、今は昼前。

地元出身の料理人が昼食の用意をしてくれるらしい。

それまではまったりとお茶を飲んで休憩。

俺はいそいそと厨房に向かう。

仕込みで忙しそうな料理人さんには悪いが、１つ頼まれてほしい。

「りょーりにーしゃーん、カニやいてー」

「ケータ様？　カニとはなんですか？　聞いたことのない食材ですが？」

質問してきたのはちゃっかり付いてきたシェル。

シェルって、俺が食材持ってると嗅ぎ分けるよね！

料理人さんたちも不思議そうな顔でこっちを見てる。

さすがにこの厨房で巨大蟹を出すこともできないので、厨房の勝手口から外へ出て、ドドンと巨大蟹を出す。

真っ二つに割られた巨大蟹に腰を抜かす料理人さん。

「んな、な、な、これは！　青海蜘蛛ではないですか！　は、早く兵士を呼ばないと！」

真っ青になって腰を抜かしたまま後退りする料理人さん。

「これは死んでいるようなので兵士は必要ありませんが、ケータ様？　これをどこで？　しかも先ほどこれを焼いて、と仰いましたが、食べるおつもりですか？」

「かに、おいちーよ？」

「美味しい!?　虫を食べるのですか!?」

「むち？　かによ？　むちちがう」

「これは青海蜘蛛という虫ですよ？」

蟹は虫扱いでした！　まぁ見た目は虫っぽく見えなくもないかな？

料理人さんは料理してくれそうもないので、自分でやってしまいましょう！

シェルも食べて美味しければ、納得するだろうし！

なので、調理開始！

カッターを取り出し、水魔法を纏わせて日本刀モドキに。サクッと全部の脚を切り落とし、甲羅の腹の部分を肉体強化でパカッとね！

驚いたことに、異世界の蟹は味噌ではなく魔石が詰まってました！　大きめの魔石の他は蟹の身がギッシリ。

正直、蟹味噌はそんなに好きでもないので、身が多いのは大歓迎です！

アミアミにしたバリアで蟹を持ち上げて、下から火魔法で焼いていく。

巨大なので、上に蓋のようにバリアも張ったよ！

蟹は茹《ゆ》でた蟹より焼き蟹が好きです！

パチパチといい音と匂いがしてくるね！

青かった殻が、火が通るごとに赤くなっていくのも食欲をそそる！

口内にジュワッと唾液《だえき》が溢れてくる！

隣で恐々《こわごわ》見ていたシェルも、今では鼻をひくつかせているし！

い～い感じに焼き上がった蟹を、その場で収納し、1本だけ残しておいた一番細い脚（それでも俺の腹周りくらいの太さがあるけど！）の身をフォークで取り出し、小さく切って醤油をちょっとだけ付けてパクッとね！

「んんんんま～～～い！」

ホロッと口内で崩れる身を噛み締めれば、ジュワッと溢れる旨味《うまみ》！　甘く、香ばしく、記憶にある中で最高の味ですな！

ハフハフ言いながら食ってたら、隣から視線が！　シェルが涎を垂らさんばかりに近距離でガン見してくる！　なので取り出した身に、醤油をちょっとだけ付けて、あーん。

パクッとしてモグモグして、口許に手を当て、

「……………………大変美味ですね」

と、どこか複雑そうな顔で言うのに笑った。

虫だと思ってたものが、めっちゃ美味しかったからね！

「むちららいでしょー？」

「そうですね、これは虫ではありません！　カニ？　です！」

開き直ったようで、自分のフォークを取り出し、ガツガツ食べ出した！

さすがに俺の腹周りくらいある身を、２人で食べきれるわけもなく、残りは収納しました。

俺たち2人が蟹を食ってる間、ドン引きしてた料理人さんに、お昼ご飯準備の再開をお願いして室内に戻った。

何食わぬ顔でリビングに戻ったが、近寄ってきた助が、ふんふん匂いを嗅いできて、

「ねえ、ケータ。すげぇいいい匂いするんだけど、俺たちに隠れて何食べたの？」

「あじみーちた！　あとでーだしゅよ？（味見した！　あとで出すよ？）」

「ふーん、それは楽しみだ！　なんか懐かしい匂いだし！」

「んんまーーいよ！」

「お食事の用意が調いました、皆様、お席へ」

メイドさんの声で皆が移動。

それぞれに席に着き、運ばれてきたのはお城の料理とそんなに変わらないメニュー。

しかもお城で改良される前の。

つまり俺の食えない料理各種。

一品ムニエル的な物もあったけど、やたら辛いソースがベッタリとかかってて、結局食えない。

なので、俺的メインメニューの蟹をドドンとね！

シェルに頼んで巨大な皿を出してもらったし！

俺の出した蟹を、皆が驚いて声もなく見ている。

そこにシェルがすかさずやってきて、鮮やかな手付きで蟹の身を切り分けていき、それぞれの皿へ。

俺の目の前に置かれた皿にも、こんもりと蟹の身が！

「おい、おい、ケータ、おい！　これって！」

「んふ～、んま～いよ！」

「まじか！　あんのか、この世界に！」

助がふるふるしながら、蟹の身にフォークをぶっ刺し一口。

「んーーーーーー！　ああーー！　うまいーー！　まじ美味い！　何これ、超美味い！」

「れしょー！　まだまだあるよー！　いっぱー食べれ！」

「まーじか！　ケータ、最高かよ！」

「んふふー」

俺と助の食べっぷりと絶賛具合に、ただ見ていただけの面々も、ちんまりと掬い恐る恐る食べ始める。

「あ、美味しい！　なんだろう、これ？　柔らかいのに、噛み締めると美味い汁が溢れ出て、香ばしい香りとこの身の香りがすごくいい！」

ディーグリーの感想に、

「「んまーい!!」」

双子王子もニッコニコで口いっぱいに蟹の身を頬張っている。

お付きの侍従候補たちも無言でハグハグ食ってるし、アールスハインも味わっている。

そんな中、ユーグラムだけはまだ一口も食べていない。

虫嫌いのユーグラムは何かを察知したのか、疑い深い顔でこっちを見てる。

「どうしたの、ユーグラム。すげぇ美味いよ？」

「……………ケータ様、これはなんの肉か伺ってもいいですか？」

「かにー」

「かに、とは聞いたことのない名前ですね。この辺の呼び名はご存じですか？」

「あお、うみぐも―」

「「「「………………………」」」」

明るく言ってみたけど、バクバク食ってた皆が、一斉に口を押さえた。

ユーグラムなんか、壁際までズザザッと下がってしまった。

口許を押さえたまま、アールスハインが、

「ケータ、これは本当に青海蜘蛛なのか？　色が違うが？」

「やいたーかりゃね！」

「これは本当に食べて大丈夫なのか？」

「だーじょぶーよ！　おいちーよ！」

「いや、確かに美味いが………」

「あお、うみぐもも、まものれしょ？　まもののにく、たびるのといっしょよ？」

「まあ確かに。美味いし、ケータが食ってんだから、毒はないだろうしなー。でも食う前に一言言っとけよー、ビビるだろう！」

助がグチグチ言いながら、また食べ始めたので、皆もそれぞれに食べ始めた。

ユーグラムのみが、いまだ壁に張り付いているが、

「ユーグラム、別に無理に食べろとは言ってないよ？　青海蜘蛛以外にも食べる物はあるんだし、席に着いたら？」

「…………そうですね。本体があるわけではないので、まだ耐えられます」

シェルが身を取り出したあとの殻は、すぐにメイドさんが片付けてくれて、皿の上には身の部分だけしか置いてないので、ユーグラムでも耐えられるそうです。

「おいちーのに、もったーないねー」

「確かに美味いな」

「食べたことないものだけど、美味しいよね〜」

「ああ、美味い！」

子供たちはモクモクと食べ進め、俺たちの感想に、ユーグラムが複雑そうな顔をする。

殻を剥いた身は、白と赤の美しい見た目だから余計に。

「ひとくちたびるー？」

隣のユーグラムに、小さめに切った身をあーんしてみる。

ユーグラムは、ムグググとなったあと、思いきったようにパクッと食いついた。

口許を押さえ、ゆっくりと咀嚼《そしゃく》したあと、

「…………………美味しい、ですね」

と小さな声で呟いた。

「れしょー、こりは、くもじゃなくてー、かによ！」

「そうそう、蜘蛛だと思うから抵抗あるけど、これはカニ！　メチャメチャ美味い魔物！」

助が自分に言い聞かせるように言えば、ディーグリーがウンウン頷いて、

「うん、俺も今日からこいつをカニと呼ぼう！　そして食おう！　めっちゃ美味いし！」

「しょーしょー、かにうまーいでいーでしょー」

「…………そうですね、本体の見た目を気にしなければ、実に美味しい食材です」

シェルに取り分けてもらったカニをモリモリ食べ始めるユーグラム。

無事開き直れたようで何より。

見た目グロいのはオークだって同じよ？　あれって、顔と色以外人型だからね！

それでも肉は食うんだから、同じようなもんだよ！

まだ大量にある蟹の脚を1本、シェルに預けたので、メイドさんや料理人さんにも食べても

らいましょう！

腹いっぱい蟹を食って、食休みしたら海で遊びました！　水着はハーフパンツ型、俺と双子王子はグレコな繋ぎのお揃いの水着。子供たちは波打ち際でチャプチャプ遊び、大人組は深いところに泳ぎに行って、なぜか皆立ち泳ぎなのに笑って、助がクロールと平泳ぎを教え、カニも３匹ほど取ってきたので収納しました！

思う存分体を動かせた双子王子は、夕飯後バタンキューで寝ました！　俺もね！

◆◇◆◇◆

おはようございます。

今日の天気は快晴です。

夏の陽光が海に反射して眩《まぶ》しいです！

昨日のカニ騒動は、全員が文句なく美味しいと言ったので青海蜘蛛はカニになり、美味しい食材の仲間入りを果たしました！

腰を抜かしてた料理人さんも、食べさせてみたらハマったそうです！

今は何かカニ料理を考えているそうです。

朝ご飯には魚料理のリクエストもしておきました！

せっかく海辺に来たのに、魚介類を食えないなんてあり得ない！

味付けは薄味でね！　とも頼んだ。

美味しい魚料理の朝食を食べ、また海遊び。

と、別荘の目の前の海に繰り出したら、貝貝貝貝、貝の群れ。

浅瀬を崩すように貝の群れが犇《ひし》めきあっている。

「おおーバーベキューー！」

「いやいやいや、ケータさんや。あれ、全部魔物だからね！　食い気は今はしまっときなさい！」

「あーい」

ということで、子供たちは別荘の中に置いて、貝の魔物退治。

貝の魔物の退治方法は、基本的にとても固いので、ハンマー的な物で殻を叩き割り、核と呼ばれる魔石とは別の黒い石を壊すそうです。

しかしそれでは食べられぬ！　なので、俺は巨大なバリアの玉を作り、その中に真水と聖魔法を満たし、砂浜を転がす。

貝のみをバリアで拾い、砂を取り除くように設定したバリア。

中の聖魔法にやられる貝の魔物。

巨大なバリアを作ったつもりが、一往復だけでバリア内がミッチミチに！

近くに転がしてきて中の貝の魔物を1つ取り出し、無事死んでることを確認。

俺が一呑みされそうな大きさの貝だけあって、貝柱のデカイこと！　バスケットボールくらいの大きさの貝柱。食べでがありそうだ！

中には真珠のような丸い石があるものもいて、とりあえず全部収納した。

次々にバリアで回収、退治、収納を繰り返し、ほぼ砂浜が片付いた頃、海から上がってきた巨大な影。

大きなハサミを持ち上げ、威嚇するようにこちらにジワジワ寄ってくる。

「えーびーーーーー！」

思わず叫んで走り寄り、黒い靄の出ている頭の部分をカッター日本刀モドキでプスッとね！

そこから聖魔法を体に流すように浴びせれば、サクッと退治完了！

ドヤ顔で助を振り向けば、呆れた顔の面々。

だがすぐに険しい顔になり、こっちに駆け寄ってくる。

ユーグラムの雷魔法が、俺のすぐ横を通って後ろに。慌てて後ろを見れば、プスプスと煙をあげる巨大海老。

まだいたのね。と思ったら、次々に陸に上がってくる海老の群れ。

本日は海老祭りですな！

思わずキャー！　っと叫んで海老に向かう俺。

最初の海老と同じ手順で、大量の海老を確保、収納し、ホクホク顔で浜辺に戻った。

アールスハインが火魔法剣で切った海老や貝は黒焦げになって、ディーグリーの魔法短剣で突かれた海老や貝は中身がグズグズに刺されてて、ユーグラムの魔法に当たった海老や貝はなんの魔法を使ったのか、中身が溶けてて、助の魔法剣で切った海老や貝は殻がひしゃげて身に混じり。

俺が取った海老や貝以外は、食べられそうもなかった。

素材をダメにする冒険者は、一人前になれませんよ！

まあ、俺が一番大量に狩ったから、食べるぶんには当分困らないだろうけど！

午前中いっぱい魔物退治して粗方片付いた頃、押し寄せていた魔物の群れが引き下がっていき、やっと一息つけるようになった。

様子を窺っていたシェルが果実水を持って近寄ってきて、それを飲みながら様子を見ていると、大量にいた貝魔物が大量の砂を吐いて元の砂浜に浅瀬が出来上がった。

その後は何事もなく静かな砂浜になり、別荘に隔離されてた子供たちが駆け寄ってきて、興奮した様子で皆の戦いぶりを真似してた。

せっかくなので、お昼は海鮮バーベキュー。

魔物の大量襲来で、料理人さんたちも慌ててたからね！　お昼ご飯の用意が間に合わなかった。

別荘の庭で、炭と網を用意してもらい、食べやすい大きさに切った貝と海老を焼いていく。

塩胡椒だけでも文句なく美味いし、醤油をかけても美味い！

前世でお酒は飲めたし、強かったけど好きではなかったのに、今はビールが欲しい！

「たすきゅー、ビールほちー」

とこぼせば、

「ナハハハ、俺も今同じこと考えたー！　でもこの世界のビールって、不味《まず》いよ？」

「まずいにょ？」

「うん、温《ぬる》いし、気が抜けてるし、なんか粒々入ってるし！　ケータ、美味いビールの作り方知らない？」

「ちなにーい。ま、いっか、おしゃけすきらないし」

「え〜、そんなこと言わずに、美味いビール作ってよー！」

「きょーみなかったちー」

「あー、やたら強いくせに、好きじゃなかったからなー」

「たすきゅーは、つよかったーけろ、うるしゃかった！」

「それは今も変わんない。てか兄弟全員同じようになる」

「そりはうるさそー」

「確かに！」

「「ナハハハハハ！」」

午後はまた海遊び。

助が子供たちにも泳ぎ方を教え、アールスハインたちは潜水して、周りの様子を見回ったり、誰が一番長く潜っていられるか競争したり、速く泳げるかの競争をしたり。

健全な少年たちの遊びを楽しんだ。

夜ご飯も、子供たちの希望でまたバーベキュー。

外で食べるご飯は美味しいよね！

◆◇◆◇◆

おはようございます。

今日の天気も快晴です。

3日目の朝です。

今日は午前中遊んだら帰ります。

朝ご飯のあとは目いっぱい海で遊んだ。

子供たちは、昨日教わった泳ぎを覚えようと必死です。

アールスハインたちは昨日の勝負の続き。

助が加わったので、また順位を決めるそうです。

俺は大きくなったハクに乗って、その俺の腹の上に小さなソラとラニアンが乗って、プカプカまったりしています。

ハクって浮けたのね！　と初日に驚いた思い出。

ラニアンは泳げるけど、海水は嫌いな模様。

ソラは水が嫌いだけど、俺にはくっついていたい様子。かわいいやつめ！

たった3日の海だったが、皆それなりに黒くなって帰宅。

帰宅にも3日かかるんだけどね！

宿のご飯は食えないし！

なので今回料理人さんに頼んで、大量の魚を焼いてもらって、収納しました！

昨日のバーベキューでも、せっせと海鮮類を焼いて収納に詰めてあるし！　これで帰りは安心！

ガタガタ揺れる馬車にも、だいぶ慣れた今日この頃。

座っていたら外が見えないので、助の足の上に立って窓の外を眺めている。

長閑《のどか》な海辺の町を通り抜けて、夕方に差しかかる頃、本日の宿に到着。

王族ってことを態々《わざわざ》宣伝する必要はないが、それなりに高級な貴族御用達《ごようたし》の宿。

この宿を取り仕切るのはおかみさんで、夫が３人もいる女傑。

見た目は上品なマダムなんだけど、そんなマダムに惚れ込んだ３人の夫を顎《あご》でこき使ってる様子。

行きにも泊まったこの宿で、ご飯の食えなかった俺をかなり気にかけてくれた。

それでも食えないものは食えなかったけど。

にこやかに迎え入れてくれて、部屋に案内され、少しまったりしたら夕飯。

俺に気を遣ってくれたのか、出された夕飯は俺のだけちょっと別メニュー。

野菜や肉が細かく切ってあって、一見食べやすそう。だが、肉自体が固いので、肉とパン以外を完食。お礼を言って部屋に戻ったけど、部屋で思わず魚の串焼きを食っちゃったよね！

次の日も、何事もなく馬車の旅が過ぎ宿に到着。

この宿も高級宿なんだけど、料理人のプライドが高いのか、やたら凝っててコッテリしたソースのベッタリした料理が多い。

子供の食える料理ではない。

なので、ほどほどに口を付けただけで撤収。

アールスハインの部屋で、子供たちと共に芋と海老と貝を食って終了。

3日目。

今日の夕方にはお城に着くので、朝ご飯のみ耐えればいい。

朝からガッツリとした巨大肉の塊。

朝食だよね？　と疑問に思うが、他の宿泊客には好評のよう。

皆さん、胃が丈夫ですね！

俺は食えないけどね！

助とアールスハインが俺の朝食を片付けてくれた。

俺は馬車の中で、蟹を食った！　なんという贅沢《ぜいたく》！

つられて他の皆も食ってた。

もうすぐ王都の近くの里山的な森に差しかかる頃。

馬車が急停車した！　反動で座席から吹っ飛んだ俺は、ユーグラムにキャッチされた。

素早く助が御者に何事があったのか確認すると、賊です、とのこと。

お忍び（?）とはいえ、王族の乗る馬車。護衛の騎士もいるので、しばらく様子を見ることに。助が窓にカーテンをして、隙間から外を覗く。

賊の数はざっと20人ほど。

意外と大きな賊らしい。

チラッと見えた賊と言われる男たちは、なんと言うか、不潔。

モジャモジャの絡んだ髭に、モジャモジャの髪、歯は黄色を通り越して茶色く、痰《たん》が絡んだような声で怒鳴っている。

剣の打ち合う音とか、おっさんの悲鳴とか、たまに馬車が揺れたりとか、外はずいぶん騒がしい。

護衛の数は確か5人くらい。

いくら精鋭でも5人で20人相手は厳しいのではないだろうか?

助もそう思ったのか、助太刀に行くようで、アールスハインに許可を取っている。

すかさず双子王子を捕獲するディーグリーとユーグラム。

双子王子が飛び出さないためのようで。信用ないよね、双子王子。

子供用の刃を潰した剣をそれぞれ持ってるし。

それを確認してから、ササッとドアを開けて外に出る助。

出た途端に賊を蹴り飛ばしたのか、ドワッとかヘグッとか聞こえて、剣を交わす音が響く。

もがいてディーグリーとユーグラムの腕から逃れた双子王子は、ガシッとアールスハインに頭を掴まれ、

「いいか、カルロ、ネルロ。これは遊びじゃない、お前たちがふざけて飛び出せば、誰かの命を危険に晒《さら》すかもしれない。お前たちはまだ自分の身を自分で守れるほど強くない。そんな奴は大人しく守られていろ！　決して飛び出すな！　ふざけるな！　分かったな？」

アールスハインのいつにない真剣な厳しい声に、双子王子がショックを受けたように震え、

「「はい、兄様、ごめんなさい」」

と剣を手放した。

シンと静まった馬車の中、外から声がかかる。

「ケータ!!」

助の切羽詰《せっぱつ》まったような声にドアを見るが、アールスハインがドアを押さえていて、立てた親指でクイッと示したのは、連絡用の御者につながる小窓。

なるほど、この大きさなら俺は出られるね。

バリアを張って窓から外へ。

ドアの近くを護衛の騎士が守り、助は少し離れた位置に。

ちょっと飛び上がり、周りを見渡せば、5人中2人の騎士が怪我で倒れている。

助が寄せたのか、騎士2人は近い位置にいるので、攻撃しようとしている賊を弾くようにバリアで2人を包む。

空を飛んで2人の元へ行き、バリア内へ。

2人共に傷口がブスブスと泡立つように弾けて変色している。毒を受けたようだ。

急いで2人に毒消しと治癒魔法をかける。

見る見るうちに回復していく2人に安堵の息を吐く。

この2人は、アールスハインの訓練に付いていくとよく目にするお調子者な2人組だ。

俺も顔見知りだったりする。

「グウウウウ、いてーくない？　あれ？　俺、死んだ？」

「ちんでねーし！　なおちたし！」

「ウエッ！　ケータ様！　ケータ様が治してくれたんすか？　ありがてー！　おい、おい、俺たち助かったぞ！　いつまで寝てんだ！」

隣に横たわった同僚の騎士を、バンバン叩き起こす騎士。

「痛い痛い痛い痛い！　こらテメー！　テメーが叩くから痛いんだよ！　止めろ！」

殴り返す騎士。

「ちょっとー、まだおわってなーのよ！」

「「はっ!!　そうだ敵は!?」」

「まだいりゅよ！」

「「やべー、こうしちゃいられねー!!」」

ガバッと立ち上がって駆け出していく2人の騎士。

毒付きの剣で怪我を負わせて油断していたのか、2人が起き上がり戦いに交じったことに驚く賊の奴ら。

なので俺は毒消しの魔法玉を作り、バリアの中から賊たちの武器に魔法玉をポンポンぶつけてやる。そうすれば毒を警戒して大袈裟に回避する必要がなくなって、騎士たちも本来の強さを発揮できるからね！

バッタバッタと倒されていく賊たち。

寄せ集めの実力もバラバラの賊などに、日々訓練に励む騎士が負けるはずもなく、人数差など物ともせず危なげなく完勝した。

しかも誰一人、死んではいない。

多少怪我のひどい奴もいるけど動けないほどではないので、全員を丈夫な紐《ひも》で縛り上げ、馬車の後ろの留め金に繋ぎ、引き摺るように連行することになった。

騎士たちの怪我はサクッと治しといたよ！　最初の2人以外は軽傷だったけどね！

2人は上司（？）な騎士に怒られて、賊の見張りとして一緒に歩かされることになりました。

代わりに助が馬に乗って外で警備するそうです。

王都の街門まではさほど遠くないので、間もなく到着。

街門警備の兵士に賊たちを預け、ディーグリーとユーグラムと別れ、お城へ。

約10日ぶりのお城は、どこもかしこもピカピカに磨き上げられ、そこら中に花が飾られ、いつも以上に煌《きら》びやかで荘厳な雰囲気になっていた。

そんな雰囲気に押されたのか、双子王子もいつもより大人しめ。

帰宅の挨拶に王様の執務室に行けば、たった3日でも焼けた肌に、双子王子は笑顔でチュッチュされてた。

一息つく間もなく、昼食。

久しぶりなので全員で食事。

食事室へ行けば、双子王子は待ち構えていた王妃様と姫様にもチュッチュされた。

ついでに俺もチュッチュされた。

和やかに食事が済み、食べられる食事に満足して、完食してサロンへ。

この3日間の行動を双子王子が夢中で話すのを聞いて、またそれぞれの仕事へ向かった。

明日は婚約式のため、王族全員で教会に行く予定。

しかしアンネローゼ姫とロクサーヌ王妃は、旅の途中で間に合わなかったようで不参加。

元第2王妃のクシュリアは罪人なので不参加。

クレモアナ姫様とイングリードは主役なので、王族として参加するのは王様とリィトリア王妃様、キャベンディッシュとアールスハイン、双子王子だけ。

王族が寂しいと、将来を不安に思う国民も多くいると言う。

今の王族の人数は割と少ない方らしい。

過去には王妃様が20人、子供が50人なんて時代もあったらしい。

まあその時はその時で、お家騒動で大変なことになったらしいけど。

今回は王族の人数は少ないものの、主役4人のうち2人が王族なので、なんの問題にもならなかった。

主役の1人は次期国王だしね！

国を挙げてのお祭りになる予定。

なので今日は、明日の衣装合わせを軽くしたら、まったり寛ぐだけです。

◆◇◆◇◆

おはようございます。

今日の天気も快晴。

実にお祭り日和で何より。

朝食を食べたら衣装を着替えて教会に向かいます。

アールスハインの衣装は、青を基調にしたスーツみたいな服。

シェルはいつもの執事服。

俺は、青いワイシャツに白い蝶ネクタイ、白いベストと半ズボン、白い靴下に青い靴。

その上に、白いマントのようなケープのようなポンチョのような物を着せられた。

お祝いごとがあると、10歳以下の子供には白い衣装を着せるのが習慣らしい。

10歳以下の子供は、神様の使いなんだって。

俺、43歳のおっさんですけど？

まあ見た目は幼児なのでいいのだろう。

ソラとハクとラニアンにも白いリボンを付けられた。ソラとラニアンは首に、ハクには頭の天辺にズムッと、半ば埋め込むように付けられた。

3匹は俺とお揃いなのがお気に召したのか、付けられた直後は取り外そうともがいていたが、シェルの、

「皆さん、お揃いでかわいらしいですね！」

の一言で大人しくなった。

まあ、かわいいけどね！

お城の王族専用出入口に行けば、王様と双子王子は既にいて、双子王子とお揃いの俺を、かわいいかわいいと撫でてきた。

同年代のおっさんに撫でられるおっさんな俺。複雑。

双子王子はかわいかったけどね。

キャベンディッシュが来て、王妃様が最後に来て出発。

普段はあまり使わない王族専用の豪華馬車。

チビッ子たちを見て、ソラとハクとラニアンを見て、チュッチュできないことを王妃様がとても残念がっていた。

普段よりもゆっくり進んだ馬車が教会に着くと、盛大な拍手と共に出迎えられた。

多くの貴族が並び、その外側に警備の騎士たち、その外側に平民の人たちが王族を一目見ようと集まっていた。

王様も王妃様もにこやかに馬車を降り、皆に手を振っている。

続いてキャベンディッシュ、俺を抱っこしたアールスハイン、双子王子。

それぞれにも盛大な拍手が送られるが、キャベンディッシュは優雅に手を振り、アールスハインは無表情、双子王子はピョンピョン跳ねながら手を振っている。

教会の中、王族専用に設けられた席に着き、他の貴族や他国からの来賓の着席を待って、鐘が鳴る。

カラーンカラーンカラーン。

教皇様が壇上に上がり、祭壇の前へ。

真っ白い衣装の教皇様は、後ろの窓から差し込む光に照らされて、後光が差しているようでやたら威厳とか、神々しさを感じる。

カラーンカラーンカラーン。

もう一度鐘が鳴って、閉じられていた扉が開き、本日の主役の2組が並んで入ってくる。

クレモアナ姫様は真っ赤に金の装飾のされた豪華なドレス。キラッキラしてる。

クレモアナ姫様をエスコートするのは、実は初めて見る他国の王子様。こちらは真っ白に所々、金の縁取りや装飾のされた衣装。

顔は大人しめ。しかし滲み出る理知的な雰囲気が、とても賢そう。

続いてイングリード。こちらも真っ赤に金の装飾の金ピカな衣装。体格がいいので派手派手な衣装にも負けてない！

イングリードにエスコートされるのは、真っ白に金の装飾のされたドレス姿のイライザ嬢。

なんと！　トレードマークのワサワサな縦ロールではなく、見るからにツルッツルのスベッスベなストレートヘアを緩く編み込んで背中に流している！　普段の縦ロールも似合っていたが、ストレートヘアになると途端にお淑《しと》やかな、清楚《せいそ》な令嬢に大変身！

驚きの変身をボケッと見てたら、２組が壇上に上がり祭壇の前へ。

「今日この善き日に2組の婚約の儀を執り行えることをお慶び申し上げます」

教皇様の朗々と通る声に、貴族のご婦人方がうっとりとしている。

婚約式は、お互いに望む結婚の条件のすり合わせを行い、契約書にサインするだけで終わるんだけど、婚約期間に条件が変わったり、勝手に破ったりするとえらい罰金を払わされる。

それを取り仕切っているのが教会。

結婚も同じ。

まあ婚約期間中の破棄の方が罰金は少ないので、全く相性の良くない2人は話し合いで円満に解消することはできるけどね。

その場合も、教会の神官が話し合いの場に立ち会って、それぞれの言い分を聞いたり、裏付

けを取ったりするらしい。

それを神の名の下に行っている。

お互いに契約書にサインをし終わると、今日は解散。

2組は盛大な拍手に送られて教会を出て行った。

ゾロゾロと後ろの方から教会を出ていく参列者たち。

最前席の王族と他国の王族代表の皇太子様は最後に出ていくので、お互いに挨拶なんかして世間話をしてる。

王様と他国の皇太子なので、世間話って言ってもだいぶ高度な国政の話だけどね！

教会を出ると、先に出ていた貴族たちが王族の見送りのために待っていた。

やはり拍手と共に見送られ、お城に帰る。

行き帰り合わせても2時間ほどだったのに、なんだか疲れた。

部屋で着替えてお茶を飲んだら、お昼ご飯。

明日はお昼から婚約披露のパーティーが開かれるので、今日は大人しくしてなさいね！ って双子王子が注意されてた。

女性陣は明日の準備に忙しそう。

なので午後は双子王子に付き合って、庭の散歩をしてたよ！

無駄に広いよね！

◆◇◆◇◆

おはようございます。

今日の天気も快晴です。

城下では、王族の婚約ってことで、お祭りが開かれてるそうです。

王宮からもお祝い金なるものが出てて、それは賑やかに祝われているらしい。

どうせなら、そっちに行きたい俺です。

朝食を食べたら少しだけゆっくりして、着替えさせられ、パーティー会場となる大広間へ。

王族の祝いごとのパーティーなので普段とは逆に、王族が既にいる状態からパーティーが始まるそうです。

主役な2組は最後に登場だけどね。

王族が既にいるので、身分は関係なく来た人から入場。

次々集まる人人人人人。その全員が煌びやかで派手な衣装を着て、派手な髪色をしてて、目がチカチカします！

これに慣れるのは当分無理そうです！

チカチカクラクラする目をアールスハインに擦り付け、なるべくソラとラニアンをモミモミしながら直視しないようにします。

ハクは頭の上にいます。

昼からのパーティーなので、チビッ子も多い。

一応パーティーは二部制になっていて、どちらに参加しても自由。どっちも参加しても自由。

比較的早い時間には子供連れが多く、夜は大人なパーティーな感じ。

双子王子のお友達も多く、早速双子王子がはしゃいでいる。

子供たちに期待の籠った目で見られるけど、今は無理、目がチカチカクラクラなので！

お昼時なので料理も充実してて、多くの人が王宮の料理に感動している。

王宮の料理人さんたちが頑張って広めてくれているが、まだまだ貴族でもかっっったい肉とパンが主流だからね！　王宮の柔らかい肉とパンは、大変なご馳走《ちそう》なのだ。

たまに料理をつまみ、たまに挨拶して、適当に肉食系令嬢たちから逃げながらパーティーを過ごす。

クレモアナ姫様もその婚約者も、イングリードもイライザ嬢も、ずっと笑顔でお祝いされてるのがすごい。疲れそう！　俺は既に疲れてきた！

ほどほどのところで一旦退席。

部屋で休憩してから、またパーティー。

ちょっと遅めの夕飯時なので、料理をつまむ。

ローストビーフ的な料理にかかっていた醤油ベースのタレが、これは絶対に魚介の方が合う！と確信したので、つい癖で背負ってきたマジックバッグから焼いた蟹と海老と貝を出して、ソースを付けてパクっとね！

大声を出せないので1人悶えてると、頬っぺたをツンツンされる。

見ればアールスハインが羨ましそうに見てるので、あーんしてやった。

2人で密かに魚介類を堪能していると、ジュースを持ったシェルがすぐ近くににこやかに立っていて、こっちをガン見してくるので、他の人に見えないようにシェルにもあーんしといた。

ある程度の時間になると、俺の目蓋が開かなくなってきたので、シェルに運ばれ一抜け。

アールスハインは最後までいるそうです。

シェルはアールスハインのところに戻らなければいけないので、メイドさんに風呂に入れられ、寝ました。

眠さが勝ったので、羞恥心などは感じませんでした！

◆◇◆◇◆

おはようございます。

長いようで短かった夏休みも今日が最終日です。

今日の天気は今にも雨が降りそうな曇りです。

明日からの新学期に合わせて、今日は昼ご飯を食べたら学園に向かいます。

一応飛び級した生徒に、軽い説明が行われるためです。

遠い地方の出身の人たちのために入寮は1週間前から可能で、新1年生の入学式は昨日で終わっているので、学園は落ち着いているはず。

今日の昼にはお城からいなくなる俺たちに、寂しくなったのか、朝ご飯から双子王子がべったりしてきます。

双子王子の教育係の教師たちも、仕方がないと笑って、午前中は好きにさせてくれるらしく、午前中いっぱい双子王子と遊び倒しました。

途中、クレモアナ姫様の婚約者な他国の王子が交ざってきたのは驚いたけど。

彼の名前はサディステュー・ランデール。

3つ隣の国の第2王子で、緑髪緑目の知的青年。歳はクレモアナ姫様の2個下で20歳。

普段は目立たない穏やかな青年だけど、よく見るとそこそこイケメンだし、180センチは超える身長に、厚みは足りないけど動きは機敏。

クレモアナ姫様が惚れ込んだ実務能力は素晴らしいらしく、まだ重要な仕事は任されてないけど、細々とした雑務をこなす能力だけで宰相さんがベタ褒めするくらいだから、仕事のできる男なのだろう。

前世なら間違いなくモテる男である。

アイドル的な花はないけど、身近にいるいい男ポジション。

で、このサディステュー王子、とてもとても子供好き。

自国にいた時は、触れ合う機会が少なくてそれほど関心を持ってなかったらしいけど、正式に婚約者としてクレモアナ姫様共々、王族として生活するうちに、最初はおっかなびっくり接してた双子王子に振り回されて、思わぬ自分の子供好きな面を発見したらしい。

もちろん、イヤらしい意味の好きではない。

思いもしない考えや、行動に振り回されるのが、楽しくてしょうがないらしいよ。

仕事の合間に頻繁に顔を出すサディステュー王子に、双子王子は速攻懐いた。

クレモアナ姫様と一緒の時には見せない屈託のない笑顔を見て、クレモアナ姫様が不貞腐《ふてくさ》れたほど。

王様と王妃様が、クレモアナ姫様も含めて微笑ましいやり取りに笑ってた。

双子王子用に整えられた芝生の広場を、双子王子に手を繋がれながら走り回る。

肉体強化を使っているので、難なく一緒に走れるが、ただ走り回ることが楽しくてしょうがない様子は、とても微笑ましい。

何が楽しいのかは、ずいぶんと前に童心をなくしたおっさんの俺には分からないけど。

走り回る俺たちに交ざって、中型犬くらいの大きさになったソラとハクも、走り回る。

ラニアンは、まだまだ自身の大きさを変えられないので、ただただ追いかけて転んでを繰り返してるけど。

そんな俺たちを、ちょっと離れたところで眺めてるアールスハインの横には、サディステューー王子もいる。

2人は穏やかに何か話しているようだが、声は聞こえない。

両脇の2人がずっと大笑いしてるからね！

体力が無尽蔵か？　ってくらい走り回った双子王子に、シェルが休憩を取るように声をかけると、やはり走ってテーブルに向かう双子王子。

果実水で喉を潤し、次は何をするかで話し合う双子王子。

カルロ王子を膝に乗せたサディステューー王子の笑顔が全開です。

ネルロ王子はアールスハインの膝の上。

3人分の子供椅子も用意されてるけど、真っ先にサディステュー王子とアールスハインの膝に乗り上げた双子王子。

俺は子供椅子に座ってますよ。

当然のように、サディステュー王子とアールスハインを巻き込んで遊ぶ話をしている双子王子。

以前やったロクサーヌ王妃様との鬼ごっこをしたいらしい。

あの、たまに水魔法玉の飛んでくる、大人には危険な遊び。

サディステュー王子だけがピンと来てないけど、双子王子は止まらない。

アールスハインが双子王子に向けて、水魔法玉を打ちながら走り回れば、納得したのかサディステュー王子も水魔法玉を打ちながら走り出した。

俺は、そんな大人2人の死角から水魔法玉を撃ち込むお仕事です。

大人2人がビシャビシャになる度に、キャーッとばかりに大声で笑う双子王子。

シェルがお昼ご飯の知らせを言いに来る頃には、なぜか護衛として立ってただけの助までびしょ濡れになってた。

お昼の前に軽く風呂に入り、双子王子とサディステュー王子、アールスハインに俺とクレモアナ姫様とでお昼を食べて、王様に挨拶して学園へ。

見送りに来た双子王子が涙目だったのを、サディステュー王子が慰めて、その両足に1人ずつ抱き付いてたのはかわいかった。

午前中はなんとか降らなかった雨が学園に着く頃には本格的に降りだして、馬車を降りた途端土砂降りに。

バリアがあるので濡れないけど、そのまま寮へ。

途中、土砂降りの中に立つ元女神の姿を見かけたが、関わるとろくなことがないのでスルー。

一体何が目的で、男子寮近くに突っ立っていたのだろうか？　誰かに声をかけられるのを待っていたのだろうか？

いまだ逆ハーレムを諦めていないのだろうか？

あのエネルギーはどこから来るのか。

複数の男に言い寄られる状況など、面倒くさくないのだろうか？

前世でも、四男秀太がハーレムもののギャルゲーをやっていたが、1人の彼女でも手いっぱいで、でもすぐに振られてた俺からすると、複数の女性と同時に付き合うなど、考えただけで恐ろしく、面倒以外の何ものでもなかったけど。

そう秀太に言ったらば、フィクションだから楽しめるけど、現実では考えられないと奴も言ってたので、なんだかほっとしたのを覚えてる。

そんなことを考えながら寮部屋でお茶を飲んで一息ついて、今度は学園の指定された教室へ。

我らが担任インテリヤクザなカイル先生が、今年から担任ではなくなってしまうのはちょっと寂しい。

指定の教室には、既にユーグラムとディーグリーがいて、軽く挨拶。

数分後にイライザ嬢も来て、あとは教師を待つだけ。

と思ったら、違う教室に行ったはずの助とシェルが教室に入ってきて、もう1人、やたらガタイのいい生徒も1人入ってきた。

近くの席に来た助とシェルに、

「どうした、2人とも。別の教室に呼ばれてたろう?」

とアールスハインが聞けば、

「飛び級する生徒は学科関係なく一緒の注意事項があるんで、一遍に聞けって、ここに来るように言われました」

助が答えて、なるほど、と納得。

さらに数分後、建て付けも悪くないのにガタガタ音をさせて扉を開き入ってきたのは、丸眼鏡に天パーの小柄な男性。

ちょっとだぶついたスーツを着て、ミルクティー色の髪と目をしたその男性は、

「遅れてすみません。皆さん。お揃いですね？　ええと、私が今年度3年Sクラスの担任になります、チチャール・ルフレです。よろしくお願いしますね」

チチャール先生は、制服を着てれば学生に見えるほどの童顔で、どこか頼りなさそうな印象。しかし魔力は多く、それが体内の隅々までしっかりと巡っている様子から、只者《ただもの》ではない感じ。

チチャール先生の説明は、特に変わったこともなく、突然3年生に飛び級したりすると、嫉妬ややっかみから変に絡まれることもあるかもしれないから、その時は自分1人で抱え込まず相談してほしいことと、年明けの後期からは選択式の座学も多くなることの注意点などだった。

30分もしないで終わった説明。これぐらいなら書面でよくね？　と思ったけど、チチャール先生は去年2年生の担任だったので、一応顔合わせをしときたかったらしい。

その後はせっかく先生が目の前にいるのだから、許可をもらって室内訓練所の鍵を借り、肉体強化の訓練をして過ごした。

訓練後に汗を流して、遅めの夕食に食堂へ来ると、ど真ん中の席でイチャつく元女神とキャベンディッシュ。

テーブルの上の料理は食べ終わっているのに、2人の世界に浸って人目も憚《はばか》らずイチャついている。

興味津々で見ているのは、新1年生だろう生徒だけ。
2、3年生はいつものことと見向きもしない。
いつもの隅の席に座り注文して待っていると、イライザ嬢が弟のクリスデールを連れて食堂に入ってきた。

楽しそうに話す2人に、さっきまでキャベンディッシュとイチャついていた元女神が突然近寄っていって、クリスデールの手を取った。

突然のことに呆然《ぼうぜん》とするイライザ嬢。手を取られて真っ赤になるクリスデール。

何事？　と思って、とりあえずバリアの遮音を切る俺。

元女神の無駄にデカイ声。

「昼間はありがとう！　おかげで風邪を引かずに済んだわ！　お礼にお夕飯をご馳走させてくれないかしら？」

上目使いですり寄る元女神に、ますます真っ赤になってアワアワするばかりのクリスデール。

そこに、

「いえ、結構です。弟はこれからわたくしと食事をとりますので」

と、ズバッと断るイライザ嬢。

そのことで初めてイライザ嬢の存在に目を向けた元女神は、わざとらしく怯えたような仕種

でクリスデールの陰に隠れ、

「そ、そんな！　私はただ、昼間のお礼をしたかっただけなのに！　そんな睨まなくてもいいじゃないですかぁ～」

とウルウルした目で訴えた。

狼狽《ろうばい》するばかりのクリスデール。

ため息をつくイライザ嬢。

「あなたは既にキャベンディッシュ殿下と食事を済ませているでしょう。弟に構わないでください」

「な、なんでそんなひどいことを言うんですか～。私はただお礼を」

ポロポロ涙を溢しながら訴える元女神。

「昼間のことは弟から聞いています。お礼をされるほどのことではありません。なので弟の手を離してください」

「お礼をしたいのは私の気持ちです！　あなたに関係ないじゃないですかぁ～。そうやってまた私をいじめるんですね！　私、負けませんから！」

「変な言いがかりを付けるのは止めていただけます？　あなたが仰ったいじめとは、全て自作自演の狂言だったと証明されたはずですが？」

「ほら！　またひどいことを言う！　これがいじめじゃなくてなんなんですかぁ～」

さらにポロポロと涙を流す元女神。

近くに寄っていったキャベンディッシュもいじめが狂言であったことは知っているので、何も言えずに元女神の肩を抱くだけ。

最初の慌てぶりが落ち着いてきたのか、段々冷静になってきたクリスデールがやんわりと元女神の手を外し一歩離れて、

「姉の言う通りです。私は大したことをしていないので、お礼は結構です。失礼します」

きっぱりと断って、姉を促し離れた。

元女神は、キャベンディッシュに抱き付き、ワッと泣き出した。

キャベンディッシュはイライザ嬢を一睨みしてから、元女神の肩を抱いて食堂を出ていった。

一連の騒動を見ていた2、3年生の顔がスンとなる。

それを見ていた1年生のほとんどが、奴らの厄介さを理解したようだ。

食事をしながらそんな騒動を見ていた俺たち。

自分の出番がなかったことにほっとしてるアールスハイン。

あとでクリスデールにも、認識阻害の魔道具をあげようと思った俺でした。

外伝　アンネローゼがモーニングスターを持つまで

本日の夜営地に到着して、馬から下りて一息つく。

馬が集められた一角に手綱《たづな》を引いて向かい、鞍《くら》や馬銜《はみ》を外して全体をマッサージするようにブラシをかける。

ブラシをかけながら自分も手慣れてきたわね、としみじみと思う。

この遠征騎士団に参加した当初は、団が二部門に分かれているなんて知りもしなかった。

もしかしたら授業で習ったのかもしれないけれど、自分には関係がないこととして覚えていないだけかも。

遠征騎士団は主に討伐部隊と流通部隊とに分かれ、討伐部隊はその名の通り魔物の討伐が主な仕事。

流通部隊は荷物を届けたり、各々の地域で災害があったり盗賊被害がないかなどの情報を主に取り扱うのが仕事。

10人から15人編成の部隊が決められたルートを巡っている。

そんな隊が数十隊あるのだけど、わたくしが参加しているのは、比較的危険の少ない流通部隊の一隊。

ロクサーヌ母様は当然討伐部隊に参加するものと思っていたらしいけれど、お父様やリィトリア母様、モアナ姉様の大反対にあって、流通部隊の方に参加になった。

まあ、そうよね。ダイエットのために参加するなど、こちらは真剣でも参加される部隊にとってはお荷物以外の何ものでもないもの。

王族として最低限の護身術や剣術は習ったけれど、お兄様たちに比べればほんの嗜み程度でしょうし、それが比較的安全だとしても騎士団で通じるわけもない。

まあ、そんなことも最初は知らなかったのだけど。

遠征騎士団流通部隊に見習い騎士として参加して、さまざまな土地を回り、さまざまな人に会い、多くの魔物と戦った。

自分がどれほど恵まれた環境で暮らしていたのかを実感した。

きっかけは、美味しい食事を食べ過ぎて太ったことを咎《とが》められたこと。

あまりに責められるので意地になって城を飛び出した。

そうして旅が始まれば、馬にも乗れない見習い騎士として荷馬車での長距離移動は苦痛だし、ロクサーヌ母様の訓練は過酷だし、出される食事は固く臭く不味い。

何度挫《くじ》けて城へ逃げ帰ろうかと思ったかしれないけれど、そこは意地でなんとか耐えた。

当初は自覚なく太っていたので、ちょっと動くだけでゼイゼイと体中で呼吸していたものだけど、ロクサーヌ母様の過酷な訓練に耐えるうちに、3カ月を過ぎる頃には少しは動けるようになってきた。

最初は苦痛でしかなかった荷馬車での移動も、日々の訓練で今では騎士たちと同様乗馬での移動もできるようになった。

まだ駈け足には付いていけないけれど、通常の移動ならば会話を楽しむ余裕も出てきた。

城を出て、半年。

話では聞いていたものの、ロクサーヌ母様は話以上にスパルタだった。

そして説明が下手だった。

確かにロクサーヌ母様は、王妃としての仕事をしているところは見たことがなかったけれど、王妃である以上、当然能力はあるものだと思っていた。

他国から嫁いできた姫だったのだし、わたくしが受けた以上の教育も受けているものだと思っていた、のに。

少々周りよりも遅れて馬の世話を終え、水飲み場に馬を送り出して、夜営用のテントを張る手伝いをしようと広場に向かうと、ご自分の仕事を終えたロクサーヌ母様が、騎士に混じって笑いながら夕飯の準備に取りかかっていた。

それを横目にテントを張る作業を手伝っていると、

「ちょっ！　ちょっと、ロクサーヌ様！　丸ギネーの皮は剥いてください！　それと芋はもっと綺麗に洗わないと泥臭くなると何度言えば分かってくださるんですか⁉」

「多少泥臭くても食えるだろう！」

「洗えば臭くなくなるんですから、時間のある時は洗ってくださいよ！」

「ルモアは細かいことを気にする奴だな？　だから嫁のもらい手がないのだろう？」

「はあ？　今それ関係ないですよね！　ならロクサーヌ様の分だけ皮付きのギネーと泥芋使いましょうか⁉」

「ま、まあまあ、ルモア。１人分だけ別に作る方が手間だから」

そんな会話が聞こえてくる。

ロクサーヌ母様はなんと言うか、豪快と言うか大雑把《おおざっぱ》と言うか雑と言うか。

そのくせ実際に皮の付いたギネーや泥芋が入っているといち早く気付いて誰よりも不味そうな顔で食べる。

女性としての繊細さが皆無で、その辺の男性騎士の方が丁寧《ていねい》だったり繊細だったりして、以前ご自分で仰ってたように、令嬢、婦人としては大変失格な方だった。

城にいる時は、ここまで雑だとは思わなかったのに。

今ならモアナ姉様が呆れていた理由に納得しますわ。テントを立て終え、食事を作る場に向かえば、できてもいないスープの味見をして火傷をしているロクサーヌ母様。

わたくしは無理やり遠征に参加している身なので、見習い騎士と同じような待遇を希望し、訓練だけはロクサーヌ母様の訓練を受けている。

いくら見習い騎士の扱いを希望しても、実際には姫であるわたくしに剣を向け訓練できる騎士はいないから仕方がないけれど。

自分たちで作る食事は、城の食事に比べれば品数も少なくパンも肉も固く、味付けも毎日同じようなもので雲泥《うんでい》の差だけれど、こんな食事さえ毎日食べられない者がいることを知って、不満を口にすることもできなくなった。

平民は日に2度の食事が当たり前。それも肉やパンはなく、薄いスープだけの日も珍しくないそうで、それにもかかわらず朝から日が沈むギリギリまで働き詰め。

そんな貧しい暮らしなのに、外国から移り住んできたある村の平民たちは、

「この国は豊かだから真面目に働けば毎日飯が食える」

と笑って、遠征騎士団が立ち寄れば、精いっぱいもてなそうと、なけなしの食料を差し出そうとする。

魔物を退治してくれる遠征騎士団討伐部隊は、平民にとっては身近で頼りになる存在としてとても人気で、流通部隊も近隣に魔物が出れば種類によっては討伐したり、手に負えないとなれば討伐部隊に連絡し、その間は周辺の警戒に当たったりするので、どこへ行っても歓迎される。

大きな街にはスラムがあり、そこで暮らす子供たちはギラギラした目で周囲を警戒し、隙あらば騎士たちからでさえ物を盗もうとしたり。

そんな現実をロクサーヌ母様は、わたくしに隠さず見せてくれた。

普通の母親ならば、あまりそういった負の面を見せようとはしないだろうと思うのだけど、

「ローゼ、ローゼは王族だ。ただの令嬢とは違う。自分がどんなものを口にして、なんの上に立っているかを知りなさい。そのうえで自分に何ができるかをしっかりと考えなさい」

真剣な顔でわたくしを見るロクサーヌ母様は、普段のポンコツぶりが嘘のように王妃の顔をしていた。

わたくしは減量が目的で旅に出たのだけど、ともチラッと頭をよぎったけれど、大切なことなのでしっかりと頷いておいた。

そうね、ロクサーヌ母様は不味そうな顔は隠さないけれど、食事を残したことはなかったものね。

遠征騎士団流通部隊は比較的安全なので、女性騎士と見習いを終えた新人騎士が配属されることが多いそうで、この部隊で国の現状を知り、経験を積んで一人前の騎士として認められ、他の騎士団に配属されることも多い。

もしくは結婚して、他の騎士団に配属希望を出したりもする。

ただし、国中を回っている遠征騎士団には出会いが少ない。

何が言いたいかというと、遠征騎士団流通部隊は出入りが激しいということ。

隊長ともなれば10年くらいは固定で隊を率いるけど、婚期の関係で遠征騎士団に所属したがる女性騎士はあまりいない。

遠征に出てしまえば年に一度しか王都には戻れないし、次々に場所を移動しながら夜営や宿泊をするので、隊の仲間との交流は深まるけど、お付き合いというのにはあまり発展しない。

同じ訓練を越えてきた新人同士では、お互いをライバルと見たり、もしくは仲間意識が強くなってしまって恋愛にはならないそうだし。

周囲の警戒は怠らないし、魔物や盗賊が出ればいち早く駆け付けて討伐してしまうし、実力も経験も確かなのだけれど、同じ訓練を越えてきた同僚は先輩騎士と比べれば頼りなく見え、一人前に近づくと他の隊へ移動してしまうこともしばしば。

先輩騎士は既婚だったり婚約者が決まっていたり、ずっと年上だったりして、やっぱり恋愛相手にはならないことが多い。

そもそも女性で騎士を目指すというのは平民が圧倒的に多いうえに、たまに変わり者の貴族令嬢がいても、そういった騎士を目指す貴族令嬢は近衛騎士を目指していて、遠征部隊には所属したがらないし。

何が言いたいかといえば、遠征部隊所属の女性騎士たちの愚痴が止まらない。

休憩中、移動中、食事中も、仕事の話のついでのように愚痴が止まらない。

それをロクサーヌ母様が面白がってまぜっかえすので、さらに愚痴が止まらない。

そしてそんな話には、男性騎士は一切参加してこない。

恋愛対象になる男性がいない場では、女性騎士はどんどんと男前になっていく傾向があるようで、大股開きで座り肉にかぶりつく、魔物を見れば雄叫びを上げて切りかかる、髪は伸ばしているけれど特に手入れをするでもなく無造作に結ぶだけ、と、王都にいる男性貴族よりも手を抜いた身嗜み。

それで婚期が遅れる〜やら、遠征騎士団辞めて〜やらの愚痴が止まらない。

今もほら、

「あああ！　くそっ逃げんなこらっ！」

「肉の分際で人間様に楯突こうってのか、ああん？」

「はあ〜、やる気出ない〜。いい男がいないとやる気出ない〜」

などと言いながらベアーの魔物を3人がかりで倒している。

男性騎士たちの出る幕がない隙のない戦いぶり。

そんな姿を見て、男勝り、雑、大雑把、ガサツ、と専らの評判のロクサーヌ母様にさえ、

「あー、お前らはあれだ。旦那を探すより嫁を探した方がいいんじゃないか？」

と言わしめるほど。

「はあ〜？　私たちが嫁をもらう？　そんなの嫌です〜」

「せっかく女に生まれたんだから、いつかは守られる側に回りたいんです〜」

「ロクサーヌ様にだってカッコよくて地位も名誉もお金もある旦那様がいるんだから、私たちにだっていつかは現れるはずなんです〜！」

「「そうそう！　ロクサーヌ様に現れたんだから、私たちだって諦めませんよ！」」

もともと殺伐とした生活の反動のように乙女思考の強い女性騎士たちは、目の前に現れた自分たちと同種と思われるロクサーヌ母様の存在によって、さらに乙女思考が加速して、物語に出てくるような出会いや運命の人を待ち望むようになってしまった様子。

ロクサーヌ母様の場合は政略的な面もある婚姻だったのに、平民の彼女たちはその辺の事情はまるっと無視して恋愛結婚かのように夢見てる。

男性騎士たちが大変微妙な顔をしてる。

彼女たちの乙女思考では、ロクサーヌ母様と父様は運命的な出会いを果たし、熱烈な恋の末に結婚した王妃様と王様ってことになってるらしい。

父様はロクサーヌ母様よりも前にわたくしのお母様と結婚しているし、ロクサーヌ母様のあとに結婚したリィトリア母様の存在も無視なのかしら？　父様はロクサーヌ母様ともリィトリア母様ともとても仲が良く見えるけれど。

平民にとっては王家の事情などまるっと無視して、目の前にいるロクサーヌ母様だけが憧れの存在になるのかしら？　それともロクサーヌ母様だけが同類と思って、より感情移入してるのかしら？

その辺は定かではないけど、とにかくロクサーヌ母様と父様のラブロマンスなるものを妄想してははしゃいでいる女性騎士たち。

どのエピソードも少女趣味な物語の場面のよう。

そんな話は聞いたことがないけど。

ロクサーヌ母様はあり得ない話にずっと笑っておられて、止める気はないようだし。

女性騎士たちの妄想はどんどんと膨らむばかりで、全てを経験していたら一生が終わるだろう、という壮大な物語になっている。

そして時には、妄想はどんどんと下世話な方面にも進んでいく。

2人はどのように愛し合うのか、といったちょっと赤裸々な方面にまで向かい、盛り上がる妄想話はとどまることを知らず、平民の彼女たちは貴族的な装飾的な言い回しなど知らず、具体的かつ卑猥《ひわい》な表現ばかりで、男性騎士さえ聞いていられず距離を取るような有り様。

わたくしは一応見習い騎士待遇ではあれど、実際は姫なので、護衛できないほど距離も取れず、目を白黒、顔を赤青に染めたりと大変な思いをした。


ある日、ケータちゃんから魔法ステッキなる物が送られてきた。

魔法の発動を手助けする補助魔道具で、これを使えば遠距離の魔法も撃ちやすくなるという物。

見た目もかわいらしいデザインで、わたくしがその魔法ステッキを使って魔法を撃つと、女性騎士たちが、かわいいかわいいと騒いでいた。

でも見習い騎士服のわたくしが使うには、ちょっとかわいすぎないかしら？　と疑問。

まあケータちゃんの心遣いは嬉しいので、使わせてもらうけど。

「おらあっ！」

「せいっ！」

「滅びろクソ魔物！」

街道に出た猿の魔物の群れを女性騎士中心に討伐していく。

かけ声は勇ましく、時に乱暴な言葉も飛び交う。

特に食用に向かない、大した素材も取れない魔物の場合、騎士たちの攻撃は容赦なくなる。

ロクサーヌ母様はいつだって最前線で戦っているけど、まだまだ力の弱いわたくしは、これまでは戦闘に参加できなかった。でもケータちゃんにプレゼントされた魔法ステッキがあれば、距離を取って離れた場所からでも魔法が撃てる！　魔法ステッキによる補正も効いているのか、思ったところにバスバスと命中させられる！　何これすごい！　これはぜひともケータちゃんにお礼のお手紙を出さないと！

魔法ステッキのおかげでわたくし1人の魔法でも猿の魔物を1匹倒せたわ！　そのことも含めて、ケータちゃんにお礼のお手紙を書いた翌日。

昨日のわたくしの魔法の威力に感心して、魔法ステッキに興味を持ったロクサーヌ母様と女性騎士たち。

誰にでも使えるものなのかを試したいというので貸してみたら、まあ全員がそこそこ使えた。

ただし男性騎士が持つにはあまりにデザインがかわいらしすぎて女性騎士たちの爆笑を誘い、その女性騎士たちにもかわいらしすぎ、最後にロクサーヌ母様。

ロクサーヌ母様は、言動や行動がガサツで雑とはいえ、基本はとても美人なので、かわいらしいデザインの魔法ステッキも似合わないこともない。

でもね、お母様。魔法ステッキは魔法を撃つための補助具なのよ、その見た目も華奢なかわいらしいデザインの魔法ステッキで魔物を殴り倒せば、折れるのは当たり前でしょう！

「弱いな？」

じゃありませんよ！　せっかく！　ケータちゃんがわたくしのために贈ってくれたのに！

「母様ひどい！　わたくしの魔法ステッキが！　ケータちゃんのプレゼントなのに！」

ショックのあまり涙目で抗議したら、次の街でロクサーヌ母様の自費でわたくしに武器を買ってくれた。

トゲトゲの鉄球の付いたモーニングスターを。

無言でロクサーヌ母様を見ると、とても満足気に、

「これならちょっとやそっとじゃ壊れないぞ！　鎖もあるから適度な距離も取れるな！」

ええ、ええ、ロクサーヌ母様に繊細さや気遣いなどを期待したわたくしが愚かだったのだわ。

モーニングスターはトゲトゲの鉄球が付いた武器。

それを振り回すだけでもかなり体力を使うし、取り回しを間違えればトゲトゲが自分に返ってくることもある危険な武器。

それを娘に与える母親もどうかと思うけど、意地になって使いこなそうとする自分もどうかと思う今日この頃。

あああああ！　経験も体力もついて、ダイエットの成果も目覚ましいものがあるけれど！　この部隊には、柔らかで！　かわいらしくて！　微笑ましくて！　抱き締めるといい匂いのする！　癒やしの存在が決定的に足りないわ！

あとがき

こんにちは、ぬーです。

『ちったい俺の巻き込まれ異世界生活』の5巻をお買い上げいただき、ありがとうございます！

今年の夏は酷い暑さでしたね。

近所のお爺ちゃんお婆ちゃんの会話では、「お互いよく生き残った！」と互いの健闘を讃えあっていました。

正にそんな生き残りをかけた、とでも言いたくなるような暑さでした。

あり得ない量の汗をかき、日焼け止めは塗るそばから流れていき、体の至るところに汗疹《あせも》ができ、水分の取りすぎで腹がタポタポになり、思考力は死んでました。

以前にも書いたのですが、子供の頃の夏休みの宿題は最終日になってもなかなかやらず、宿題に頭を悩ますよりも、何とか言い訳を考えて誤魔化せないものかと考えるような子供でした。

この5巻の原稿の締め切りが正にそんな時期と重なって、子供の頃を思い出しました。

読書感想文や作文、嫌いだったな〜！

読書デビューも遅かったし。

それにも拘わらず、5巻です！　誰よりも自分が驚いています！

こう、「あんたは書かないの？」の一言に唆《そそのか》されて5冊分も続けて文章を書けるとは！

世の中、何が起こるか分かりません。

文章を読むだけでも一苦労な暑さの中、自分の書いた作品を読み返すと言う羞恥プレイにも耐え、なんとか原稿を送り出し、時系列に合わせて新たに書き下ろしやSSを書く。修正箇所を報告するためにまた読み返すという作業は、地味に気力体力を削られました。

それでも生き残ったよ！　ギリギリだったけど！　と自分では思ってるのですが、何故か腹のプヨプヨは一向に減る気配もない不思議。

そんなしょうもない作者の書いた作品をお手に取っていただき、本当にありがとうございます！

今回もお世話になったこよいみつき様。新登場のラニアンのモコモコ具合はなでくり回したくなる愛らしさです！　ありがとうございます！

出版社の皆様にも、出版に関わってくださった多くの方々にも感謝しております！　ありがとうございます！

まだまだ暑い九月末　ぬー

次世代型コンテンツポータルサイト

ツギクル　https://www.tugikuru.jp/

「ツギクル」はWeb発クリエイターの活躍が珍しくなくなった流れを背景に、作家などを目指すクリエイターに最新のIT技術による環境を提供し、Web上での創作活動を支援するサービスです。

作品を投稿あるいは登録することで、アクセス数などの人気指標がランキングで表示されるほか、作品の構成要素、特徴、類似作品情報、文章の読みやすさなど、AIを活用した作品分析を行うことができます。

今後も登録作品からの書籍化を行っていく予定です。

ツギクルAI分析結果

「ちったい俺の巻き込まれ異世界生活5」のジャンル構成は、ファンタジーに続いて、SF、恋愛、ミステリー、歴史・時代、ホラー、青春、現代文学の順番に要素が多い結果となりました。

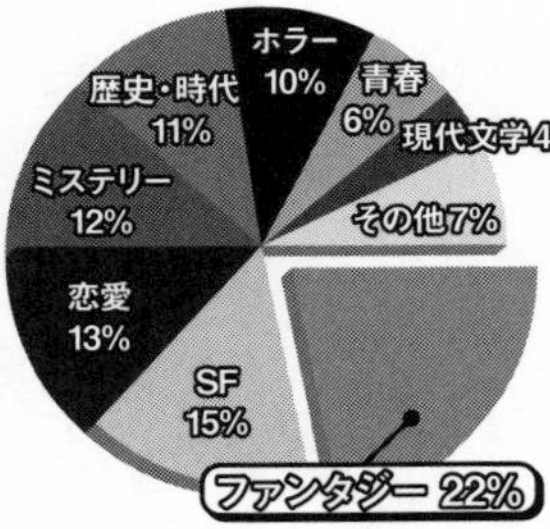

期間限定SS配信

「ちったい俺の巻き込まれ異世界生活5」

右記のQRコードを読み込むと、「ちったい俺の巻き込まれ異世界生活5」のスペシャルストーリーを楽しむことができます。ぜひアクセスしてください。
キャンペーン期間は2024年5月10日までとなっております。

人生をやり直した令嬢は、
やり直しをやり直す。
著 川崎悠
イラスト キャナリーヌ
運命に逆らい、自らの意志で人生を切り開く侯爵令嬢の物語！
やり直した人生は
納得できません!!
コミカライズ企画も進行中！

異世界に
転移したら山の中だった。
反動で強さよりも快適さを選びました。
1〜12
著▲じゃがバター
イラスト▲岩崎美奈子
カクヨム
書籍化作品
2024年3月、
最新13巻発売予定！
「カクヨム」総合ランキング
累計1位
獲得の人気作
（2022/4/1時点）
勇者には極力
近づきません！
「コミック アース・スター」で
コミカライズ
好評連載中！
花火の場所取りをしている最中、突然、神による勇者召喚に巻き込まれ
異世界に転移してしまった迅。巻き込まれた代償として、神から複数の
チートスキルと家などのアイテムをもらう。目指すは、一緒に召喚された
姉（勇者）とかかわることなく、安全で快適な生活を送ること。
果たして迅は、精霊や魔物が跋扈する異世界で快適な生活を満喫できるのか——。
精霊たちとまったり生活を満喫する異世界ファンタジー、開幕！
定価1,320円（本体1,200円＋税10%）
ISBN978-4-8156-0573-5
「カクヨム」は株式会社KADOKAWAの登録商標です。
ツギクルブックス
https://books.tugikuru.jp/

あなた方の元に戻るつもりはございません！

著：火野村志紀
イラスト：天城望
特別な力？　戻ってきてほしい？

ほっといてください！

私、義子をかわいがるのにいそがしいんです！

OLとしてブラック企業で働いていた綾子は、家族からも恋人からも捨てられて過労死してしまう。

そして、気が付いたら生前プレイしていた乙女ゲームの世界に入り込んでいた。

しかしこの世界でも虐げられる日々を送っていたらしく、騎士団の料理番を務めていたアンゼリカは冤罪で解雇させられる。さらに悪食伯爵と噂される男に嫁ぐことになり……。

ちょっと待った。伯爵の子供って攻略キャラの一人よね？

しかもこの家、ゲーム開始前に滅亡しちゃうの！？

素っ気ない旦那様はさておき、可愛い義子のために滅亡ルートを何とか回避しなくちゃ！

何やら私に甘くなり始めた旦那様に困惑していると、かつての恋人や家族から「戻って来い」と言われ始め……。そんなのお断りです！

定価1,320円（本体1,200円＋税10%）　978-4-8156-2345-6
ツギクルブックス
https://books.tugikuru.jp/

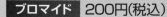

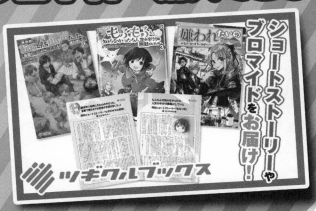

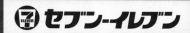

ツギクルブックス

愛読者アンケートに回答してカバーイラストをダウンロード！


愛読者アンケートや本書に関するご意見、ぬー先生、こよいみつき先生へのファンレターは、下記のURLまたは右のQRコードよりアクセスしてください。

アンケートにご回答いただくとカバーイラストの画像データがダウンロードできますので、壁紙などでご使用ください。

https://books.tugikuru.jp/q/202311/chittaiore5.html

本書は、「小説家になろう」（https://syosetu.com/）に掲載された作品を加筆・改稿のうえ書籍化したものです。

ちったい俺《おれ》の巻《ま》き込《こ》まれ異《い》世《せ》界《かい》生《せい》活《かつ》5

2023年11月25日　初版第1刷発行

著者　ぬー

発行人　宇草 亮
発行所　ツギクル株式会社
〒106-0032　東京都港区六本木2-4-5
TEL 03-5549-1184
発売元　SBクリエイティブ株式会社
〒106-0032　東京都港区六本木2-4-5
TEL 03-5549-1201

イラスト　こよいみつき
装丁　株式会社エストール

印刷・製本　中央精版印刷株式会社

ISBN978-4-8156-2322-7
Printed in Japan